나를 견디는 시간

나를
견디는
시간

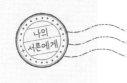

행성B

이윤주 지음

나를 견디게 하는 변명들

글을 잘 쓴다는 말보다, 너의 글을 읽으면 나도 뭔가 쓰고 싶어진다는 말을 자주 들었다. 처음 한두 명에게 들었을 때는 "아, 쟤도 쓰는데… 뭐, 그런 건가요? 깔깔" 하고 웃어넘기다가, 계속 비슷한 이야기를 듣다 보니 '글을 쓰고 싶게 만드는 글'에 관해 생각하게 되었다.

나는 알고 있고, 나를 잘 아는 사람들 또한 알고 있다. 나의 글들이 나를 변명하고 있음을. 그렇다면 나는 누가 발주하지도 않았는데 왜 자꾸 변명하는가. 이해받고 싶기 때문이다. 이해받지 못하면 외롭다는 것을 알기 때문이다. 외로움을 견딜 내공이 없기 때문이다. 그렇다면 이해받게 행동하면 되지, 왜 이해받기 어렵게 굴면서 굳이 변명하는가 하면, 설득될 생각이 없기 때문이다. 이 지점에서 고통이 발생한다. (타인으로부터) 이해는 받고 싶은데 (타인에게) 설득되기는 싫은 꼴통의 고통.

그런 나를 견디기 위해 썼다.

그런데 당신은 왜…? 당신은 충분히 그럴듯해 보이는데. 내가 쓴 글을 읽다가 글을 쓰고 싶어졌다는 누군가의 마음을 추측해본다. 혹시 당신에게도 변명할 거리가 필요했나요, 말을 걸어본다. 당신이 왜 그토록 고단한지, 왜 그때 입을 다물 수밖에 없었는지, 왜 생각보다 근사한 사람이 못 되었는지. 아마 당신에게도 변명할 수 있는 언어들이 한 움큼은 있었나 보다. 나의 변명들을 읽다가 문득 소박한 변명 파티를 개최하는 '우리'를 상상해본다.

사실은 나도 너처럼 구질구질한데, 구질구질할 만한
이유는 다 있거든.

　　응, 알지.

　　그런데 나보고 구질구질하게 살지 말라고 하면, 내가
또 원래 하려던 것도 누가 시키면 바로 하기 싫어지는 타
입이거든.

　　응, 그것도 알지.

　　당신과 나는 한껏 취해 잔을 부딪친다.

　　외롭지 않다면 쓰지 않을 것이다. 정확히는, 외로워도
두렵지 않다면 쓸 이유가 없어질 것이다. 이해받지 않아도

괜찮다면 변명하지 않아도 되고, 변명하지 않아도 된다면 쓰는 동력을 잃게 될 테니. 그런 동력 따위 산산이 잃기를, 나는 오래도록 바라왔다. 잔을 부딪쳤던 당신도 실은 그런 마음이려나. 당신도 사실 파티 같은 건 좀 귀찮았으려나. 우리는 알고 보면, 교차하는 술잔들 틈에서 부지런히 소망했으려나. 언어가 내던져지고 파티는 두 번 다시 열리지 않는, 외로워도 괜찮은 세계를.

2019년 가을, 잔을 내밀며

이윤주

차례

2부 그건 그 사람 마음이에요

3부 즐겁게 일하라는 말의 무례함

4부 세상은 생각보다 너그러울지도

1

나

자신을

견디며 삽니다

깜빡 졸던 오후에 ──── 첫눈이 지나가듯

생의 초반에 쏟아지는 수많은 '처음'들. 우리는 그 처음을 차곡차곡 저장하지 못한 탓에 그 이후 맞이하는 처음들에 허겁지겁 의미를 새기는 걸까. 여름에 태어난 조카는 그해 겨울엔 뒤집기에 한창이었으므로 사실상 이듬해 겨울에 처음 눈을 보았다. 그해의 첫눈이자, 태어나 처음 보는 눈. 어린 조카는 어리둥절해 보였다. 무슨 생각을 하는지 궁금했지만 나로서는 영원히 알 수 없다. 조카의 기억에도 그 순간은 남지 않을 것이다. 첫눈뿐이 아니다. 처음 맞은 비, 처음 맡은 잔디의 냄새, 처음 마신 맹물의 맛도 우리는 전부 기억하지 못한다. 조카가 본 첫눈에 내가 기뻐하다가 문득 멀뚱해졌다.

조카를 사랑하는 나의 마음에 저 아이가 아무도 밟지 않은 새벽녘의 첫눈처럼 자라났으면 좋겠다는 바람이 고인다. 상처 하나 없이 하얗게, 그러니 내리사랑이란 얼마나 맹랑한가. 너 그거 욕심이야, 또 다른 마음이 일러준다. 그러면 어쩌나. 언젠가 저 아이의 마음에 진흙이 잔뜩 묻은 구둣발이 길을 내어 아이가 울음을 삼킬 때, 이모가 좀 살아보니 뭐가 어떻더라, 이건 이렇고 저건 저렇더라, 그래서 이렇게 했으면 좋았겠더라고 말해줄 거리가 내게 있을까. 여자아이다. 무엇을 말해주어야 과연 '여자아이'가 구둣발을 조심하면서, 그러나 무심하면서, 사랑하면서, 그러나 헤어지면서 살아갈 수 있을까. 언젠가 갓 돌이 지난 아이를 두고 혼자 골똘하다가 '모든 첫 경험은 폐기되어야 한다'던, 20년 전 어느 소설의 도발적인 메시지가 떠올랐다.

그렇다. 나는 첫경험을 했다. 하지만 '첫'이 뜻하는 형식적 의미에 결코 구속받지는 않을 것이다. 이미 폐기처분된 체액을 썼다는 점에서 '첫경험'은 코푼 휴지와도 비슷한 점이 있다. 내 첫키스의 기억은 코푼 휴지처럼 아무데나 버려질 것이다.

— 은희경,《새의 선물》

열두 살 소녀가 짝사랑하는 남자를 두고 엉뚱한 남자와 첫 키스를 하고 나서 그 '처음'을 코 푼 휴지처럼 버리려 한다. 이것은 그냥 치기일까. 요즘 말로 '중2병'의 허세일까. 하지만 나는 적어도 (대한민국의) 여자아이에게 냉소를 체득하는 일이 꽤 중요하다고 생각한다. 이런 것이다. 오래전 잠시 알고 지내던 친구는 자신이 '첫 경험'을 하지 않았다고 내게 말했다. 친구는 당시 몇 년 이상을 함께한 애인이 있었고, 이른바 혼전순결주의자도 아니었다. 그가 섹스를 미루고 있는 건 오래도록 꿈꿔온 첫 경험의 적소를 아직 발견하지 못했기 때문이었다. 그 방(?)에는 일단 커다란 창이 있어야 하고, 그 창에는 격자무늬의 나무틀이 덧대어 있어야 한다고 했다. 창밖으로 바다가 보이되 침대에 누웠을 때도 보이는 각도이길 바란다고 했다. 또 위아래나 좌우로 다른 공간이 없는, 그러니까 호텔처럼 객실이 모여 있지 않은 독채여야 한다고 친구는 덧붙였다.

그 얘기를 들었을 때 물론 내가 할 수 있는 말은 특별히 없었다. 그렇구나. 그런 곳을 꿈꾸고 있구나. 그러나 나는 그런 종류의 꿈에는 불길한 구석이 있다고 믿는 편이었다. 못 찾으면 어떻게 할 것인가. 타협은 어디까지 할 것인가. 그걸 타협이라 불러야 할 만큼 물러설 때 친구의 마음은 어떨 것인가. 왜 충분히 사랑해서 섹스하고 싶은 사람과 단지 처음이라는 이유로 기쁨을 유예하는가. 인생의 수많은 우연을, 그 우연에서 발견하는 의외의 기쁨을 '첫'이라는 갑옷으로 자꾸만 밀어내고 있는 것은 아닌가.

친구는 여자였다. 나는 그가 마침내 그런 장소를 만나 첫 섹스에 성공하길 바라면서도, 그게 얼마나 실현 가능한 일이냐를 떠나, '첫'에 대한 (여성의) 과도한 의미 부여가 이 사회에서 정의되는 '섹스'와 엮이는 것이 산뜻하지 않았다. '처음'에 의미를 부여하는 사고방식은 '나는 처음인데, 넌 아니다' 또는 반대로 '너는 처음인데 난 아니다'를 인식하는 쓸데없고 기괴한 위계와 무관치 않아 보였다. 생의 중요한 순간에 낭만적 의미를 부여하는 것은 물론 아름다운 일이다. 하지만 나의 풍요를 위해서라고 믿었던 의미에 세상의 '강요'가 섞이는 일은 흔하다. 우리는 생각보다 또렷하게 구별하지 못한다. 왜 처음으로 매미가 창틀에 붙어 우짖은 날은 기념하지 않는가. 잃어버린 줄 알았던 양말 한 짝이 세탁조 구석에 말려 있는 걸 처음 본 날은 왜 덜 중요한가.

꿈의 장소를 찾기 전에 연락이 끊어졌으므로 나는 그의 첫 경험이 (어떻게) 이루어졌는지 모른다. 다만 나의 조카가 나중에 '첫'에 마음 쓰지 않는 사람이 되었으면 좋겠다. 섹스뿐이 아니다. 인생에서 처음 겪는다는 의미가

(세상에 의해) 부여되는 모든 일들, 첫사랑, 첫 직장, 첫 여행, 첫 이별, 첫눈…. 서울에서 기록되는 첫눈의 기준은 종로구 송월동에 있는 기상관측소 직원이 육안으로 눈발을 확인하는 시점이라고 한다. 언젠가 그가 깜빡 졸던 오후에 슬그머니 지나간 첫눈이 있을 것이다. 그건 좀 싱거운 일이라고, '처음'에 대하여 터뜨리는 다른 축포도 어쩌면 비슷할지 모른다고 나의 조카가 생각했으면 좋겠다. 어쩌면 무정하다 싶을 정도로, 수많은 인간이 임의로 지각하여 구획한 날들에 방점을 찍지 않았으면 좋겠다. 번호를 부여하는 순간 번호는 나를 구속한다. 번호에서 벗어나면 모든 순간이 처음이 된다. 내 조카가 모든 순간을 흠뻑 누리며 살기를 바라지, 처음이라는 과거에 잠기길 바라지 않는다.

그래서 혹여, 계획한 인생의 처음이 어그러져도, 첫키스가 한심하고 첫 섹스가 엉망이며 첫 직장이 개차반이고 첫눈 오는 날 집에서 막힌 변기를 뚫고 있다 해도, 수많은 다른 처음들을 위해 과거의 처음 따위는 상큼하게 폐기할 수 있었으면 좋겠다. 시인도 말했지 않나. 모든 사랑은 첫사랑이라고.

살다 보니 자꾸 ──────────── 신입

삼십 대 중반을 넘긴 지금 출판사에서 책을 만들고 있다. 그런데 이 일이 올해로 4년 차다. 14년 차가 아니라. 굳이 꼬집으면 쑥스럽고 민망한 날들이지만, 살다 보니 그렇게 되었다. 그리고 이런 일이 심지어 처음도 아니다.

그전 직장인 신문사에서도 늦깎이였다. 서른이 다 되었을 때 교열기자로 입사했다. 함께 일하는 이들은 나이가 같으면 연차가 높았고 연차가 같으면 당연히 어렸다. 같은 팀에는 2년 먼저 입사했으나 두 살이 어렸던 선배가 있었다. 지금 내가 알고 있는 정교한 맞춤법, 매끄러운 어법, 까다로운 외래어표기법 대부분을 그때 그에게 배웠다. 그러다 취재 부서로 발령이 났다. 사무실이 아닌, 이른바 출입처라는 곳으로 가게 되었는데 나의 '선임'은 수습을 뗀 지 얼마 안 된 후배였다. 그는 본인 앞가림하기도 벅찰 때에 느닷없이 등장한 '나이 완전 많은 신입'에게 기사입력기 사용 방법을 가르쳐주었다. 첫 기사를 송고했던 날, 신고 있던 롱부츠의 한쪽 굽이 뚝 부러져서 나머지 굽도 부러뜨린 다음 택시를 타고 퇴근했다. 쑥스럽고 민망한 날들이었지만, 살다 보니 그렇게 되었다.

그러니까 내가 심플하게 어려서 일을 좀 못해도 용인될 여지가 있었던 곳은 첫 직장뿐이었다. 그곳에서는 동기들 중 나이가 가장 어렸다. 여자고등학교였고 나는 국어와 문학을 가르쳤다. 스물넷이었는데 1년 동안 학생들에게 서른 살이라고 속였다(여고생들은 젊은 선생의 나이를 몹시 알고 싶어 했다). 서른 살, 그때는 되게 많아 보이는 나이였다. 그 서른 살에 또 다른 곳에서 신입이 될 줄은 모르고. 역시 쑥스럽고 민망하며, 아무리 용인될 여지가 있어도 그렇지 천지분간 못하는 날들이었지만, 시간이 흐르자 어느덧 굳이 나이를 속일 필요가 없는 선생님이 되기도 했다.

그곳에서 계속 일했다면 '나이'를 크게 개의치 않으며 지금까지 살았을 것이다. 자연스럽게 나이를 먹어 주름이 생기고 월급이 많아지면서 세월을 실감하는 그런 것 말고, '평균'보다 나이가 많으니 '뭐라도' 더 나아야 한다는 부담감을 숨 쉬듯 장착하고 다닐 필요는 없었을 거란 이야기다. 하지만 사람이 무언가가 또 그렇게 타인보다 낫기가 쉬운가. 나는 항상 쫓기면서, 그 속도를 의식하면서, 더 가속할 수 없음에 자괴하면서, 그런데 어쩌다 이렇게 되었는지 도무지 잘 모르겠는 채로 달려왔다.

달렸다고는 하지만 사실 중간중간 나자빠져 만판 놀기도 했다. 교사를 더 이상 할 수 없다고 느끼고 나서 1년간 소설 쓰기를 배우러 다녔(다고 하지만 놀았다고 기억되)고, 기자를 더 이상 할 수 없다고 느끼고 나서 또 1년을 발레 같은 것을 배우며 놀았다. 핑계는 물론 있었다. 교사를 하기엔 남을 가르치는 걸 그다지 좋아하지 않았다(배우는 것을 좋아했다). 기자를 하기엔 별로 알고 싶은 게 없었다('news'가 궁금하지 않았다). 자기한테 맞지 않아도 맞춰가며 하는 게 일이라지만 '견디는' 재주 또한 없었다. 그러다 보니 이렇게 또다시, 서른일곱에 14년 차가 아닌 4년 차가 되었다.

그리하여 지금 하는 일은 대체로 즐겁다. 누굴 가르칠 필요도 없고, 남들보다 안 궁금한 뉴스를 남들보다 빨리 알아야 한다는 강박을 가질 필요도 없다. 새로운 고충이야 당연히 있지만 교사와 기자를 할 때처럼 내게 치명

적이라고 느끼지는 않는다. 지난 주말, 첫 직장의 동기들, 그러니까 이제 진짜 14년 차가 된 언니들을 만났다. 지난날 나의 이적移籍을 고스란히 지켜봐온 이들이다. 그들에게 지금 하는 일이 좋다고, 방법이 좀 달라질지는 몰라도 앞으로 계속 이 일을 할 것 같다고 말했다. 그러나 어쨌든 해가 지나도 계속 늦깎이인 건 마찬가지라, 이런저런 고민이 많다는 말과 함께. "혹시 또 그만두게 되면, 마침내 이제는 임용고시를 봐야 하나?" 실없는 소리도 함께.

출발은 같았지만 내가 이리저리 기웃거리는 사이, 한자리에서 재능과 성심을 쌓아온 그들을 내가 너무나 존경하고 자랑스러워한다는 걸 그들도 안다. 이제는 혼자만 선생님이 아닌 나 또한 희한하게, 그들을 만나면 용기와 지지를 얻는다. 헤매고 섰던 모든 길에서, 낯선 이정표를 만날 때에, 뭐 좀 할 만하면 다시 신입으로 후진하며 움츠러든 순간마다 "이러니 저러니 해도 어쨌거나 해내 왔잖아. 그러니 앞으로도!" 격려하며 지켜봐 준 이들이기 때문이다. 나만의 착각인가. 속으로는 '저거 저거, 저 철딱서니 없는 거, 이제 제발 자리 좀 잡아라' 여전히 걱정스러운 눈초리를 보내는 걸까. 하지만 언니들아, 너무 걱정 마. 이제 새롭게 하고 싶은 일도 딱히 없어. 피겨스케이터나 한류 스타 말고는.

▲ ● ◆

나에게 궁극적으로 행복에 수렴하는 감정은 격정이나 황홀 같은 강렬한 상태보다 일종의 홀가분함에서 온다. 떨쳤을 때의 산뜻함. 벗어났을 때의 안도감. 작별의 맑고 적막한 자유. 사물이든 기억이든 사람이든 일이든 내가 무엇으로부터 '분리'되었음을 확신하는 순간 깊은 기쁨이 찾아온다. 이 기쁨은 일생의 비밀을 나눈 이를 먼저 보내고 침묵으로 여생을 탕진하던 늙은 여자가 비로소 죽음을 맞게 되었을 때의 기쁨 같은 것이다. 마지막 호흡과 함께 소멸하는 비밀, 더 이상 비밀일 필요가 없게 된 비밀을 놓아버리는 순간 그녀의 죽은 얼굴에 떠오를 기쁨.

살 만한 때와 ——————— 살 만하지 않은 때

살 만한 때가 있다. 구내염이 나아가는 시점에, 과민
성대장증후군과 수면장애가 마침 유난하지 않은 철. 돈
나가는 구멍이 잠잠한데 들어오는 구멍에 문득 유속이 붙
어, 주관적으로 무용한 것들을 배송비 없어질 때까지 장바
구니에 채우고 나서 호쾌하게 결제 버튼을 누를 수 있는
시기. 미움 깊은 이가 나를 자극하지 않은 지 꽤 되었는데
그사이 살뜰한 이들의 챙김을 받아, 관계에 염증도 갈증도
없는 계절. 매양 하던 일인데 새삼 잘한다는 소리를 듣고,
고려하지 않았던 곳에서 희미한 칭송이 들려와 내심 자아
가 부풀고 고독이 뒷걸음하는, 그런 때.

부재하는 줄 몰라서 부재했던 것들이 그때 제 '부재감'을 드러낸다. 운전면허, 실손보험, 저축, 미모, 인맥, 방이 하나 더 있는 집, 근육, 명성, 자손, 나를 보호하고 지지할 커뮤니티, 금괴나 경비행기 같은 것. 이것은 분명한 패턴이다. 살 만하다고 느끼는 어떤 시즌에서야 나는 비로소 안방 장롱에 금괴가 1그램도 없음을 자각한다. 이 나이 먹도록 자식 하나 없는데 금괴도 없다니. 돌연 마음이 조급해지며 금괴에다 덤으로 자식까지 도모할 방법을 궁구한다.

그러나 반드시 다시, 살 만하지 않은 때가 돌아온다. 겨우 장염을 고쳐놨더니 기관지염이 찾아오고, 기침에 동원되는 옆구리가 근육통을 호명하고, 신속히 출석한 근육통이 불면을 초대하는 시기. 돈 들어오는 구멍은 잠잠한데 나가는 구멍이 음흉히 새끼를 쳐서, 늘어진 팬티 한 장 바꾸는 데 몇 주를 고심하거나 왜 인간은 햇빛을 합성하여 배때기를 채울 수 없는지 분노가 치미는 시즌. 미움 깊은 이가 오랜 '트리거'를 건드려 멘탈이 가루가 된 와중에 신뢰했던 이가 바바리맨처럼 맹렬히 제 모순을 열어젖혀 인류애가 증발하는 계절. 매양 하던 일을 실수하고, 웬 잡것들 사이에서 오해와 루머가 흘러나와 내심 자아가 쪼그라들고 고독이 공기처럼 떠다니는, 그런 때.

제법 근사해 보였던 것들이 제 의미를 반납하기 시작

한다. '당장 내일 죽을지도 모르는데 보험회사에 돈을 갖다 바칠 이유가 어딨으며, 썩으면 다 똑같이 악취 속에 사라질 육신은 가꾸어 무엇하며, 인간 자체가 하찮은데 그 하찮은 인간들의 관심과 지지는 또 무슨 소용이며, 나 하나도 이렇게 무거운데 자식이 웬 말이며, 자식도 없는데 집에 방은 많아서 무엇하겠는가.

살 만한 때와 살 만하지 않은 때의 낙차를 줄이는 데 생을 소진하는 사람들이 있을 것이다. 나도 그중 하나다. 살 만한 때 나를 부추기는 욕망들은 그만하면 눈 뜨고 봐줄 만한 것부터 천박하고 저열하기 그지없는 수준까지 층층이다. 살 만한 때의 감각은 너무 달고 촉촉하기에, 살 만한 때에 살 만하지 않은 때의 감각을 환기하기란 쉽지 않다. 정확히 말하면 환기하고 '싶지'가 않다. 그래서 나는 허둥댄다. 한 달에 딱 50만 원만 더 있었으면 좋겠어. 눈주름까지는 견딜 만한데 팔자주름은 좀 어떻게 하고 싶어. 나의 쓸모를 알리고 싶어. 사랑받고 싶어. 유혹하고 싶어.

내가 할 일은 욕망의 층위를 분별해, 지나친 꼴값을 억제하는 것이다. 이때 제동을 걸어주는 것이 바로 '살 만하지 않은 때의 나'이다. '살 만하지 않은 때의 나'가 '살 만한 때의 나'의 등을 쿡쿡 찌른다. "자네, 나중에 수치스러워 자살하지 않을 만큼만 지랄하게."

살 만해서 사는 것은 어린아이도 할 일이다. 살 만하지 않아도 살지 않을 수 없다는 걸 알기에 삶을 덜 부끄럽게 만들어주는 것은 그러니까, 살 만하지 않은 때의 감각이다. 소음을 피하게 하는, 나대지 않게 하는, 고독을 수긍하게 하는, 결국엔 모든 것이 소멸한다는 이치를 얼음장처럼 일깨우는. 역설적으로 살 만하지 않은 때에 읽는 책, 듣는 음악, 만나는 사람, 잠기는 상념, 올리는 기도는 반드시 나를 죽지 않게 해준다. 살 만하지 않은 때에 이르러서야 나를 최후에 떠받치는 삶의 알맹이가 무엇인지 알게 된다.

계절이 깊어가고, 어깨가 뭉치고, 직장을 떠나고, 미운 이가 사랑하는 이를 괴롭히고, 후비루증후군이 심해지고. 내일의 태양이라고 해서 해상도가 높을 리 없다. 알맹이가 보인다. 빈 가지에 이르는 휘파람처럼.

결혼식에서 촌스럽게 ———— 운다는 것

　결혼하기로 마음먹었을 무렵엔 저돌적이었다. 용기와 믿음이 특출해서가 아니라 인륜지대사라는 개념이 없었기 때문이다. 당시 내 머릿속을 지배하고 있던 것은, 나는 스스로를 먹여 살리는 성인이므로 내가 원하는 사람과 같이 살고 싶은 마음을 행동으로 옮길 수 있다는 것뿐이었다. 결혼은 집안과 집안의 결합이라거나, 사회의 최소단위인 가정을 만드는 일이라거나, 미래에 대한 무한한 책임이라는 생각 따위가 전혀 없었다. 나는 나를 알고, 나와 결혼할 사람을 어느 정도 알고 있으며, 아이를 낳을 생각도 없으니 '우리 둘' 문제에 끼어들 수 있는 조건은 없다는 논리. 내 속이야 참으로 편했으나, 결혼'식'에 이르는 과정까지 양가 어른들을 비롯한 주변 사람을 어리둥절하게 만든 일이 꽤 있었을 것이다.

이런 시절에는 자신의 '나이브'함을 체제에 대한 저항(또는 힙함?)으로 여기는 나름의 자부심이 동반되기 마련이다. 이에 따르는 특징 중 하나가 '의식'을 가벼이 여긴다는 점. 허울뿐인 법도와 양식 따위! 드레스 입고 머리치장은 해보고 싶으니까 결혼식을 하긴 하되, 식에 참석하는 그 누구도 긴장하거나 경건하지 않았으면 좋겠다는 '치기'를 가득 싣고, 나는 꽃들이 놓인 길에 입장했다.

하지만 세상에는 정녕 겪지 않고는 모를 일이 있긴 있거늘. 바라던 대로 정숙하지 않고 흥겨운 결혼식이 되긴 되었는데, 유일하게 내가 예상치 못했던 순간이 있었다. 그것은 바로 혼인 서약. (매우 유머러스했던) 주례 선생님 쪽을 보고, 즉 하객을 등지고, 신부 이윤주는 신랑 ○○○을 남편으로 맞이하겠느냐는 물음에 "네"라고 대답을 했는데, 여전히 웃고 있었고 즐거웠고 날씨도 좋았고 아무런 걱정이 없었는데, 돌연 뒤통수가 어디 고장 나 닫히지 않은 냉동실에서 새어 나온 냉기처럼 싸한 것이었다.

나는 지금 "네"라고 했다. 많은 사람들 앞에서. 사람들이 다 봤다. 나는 대답했고, 적어도 이 자리에서 번복할 수 없다는 사실이 아주 짧은 순간, 노출된 어깨 위에 안개처럼 내려앉았다. 물음을 듣고 대답하기 전까지만 해도 여기 모여든 사람들의 무게를 실감하지 못했다. 그렇게 많이 초대한 것도 아니었으니까. 몇백 명 모이는 결혼식도 있는데 말이다. 그런데 몇십이든 몇백이든, 나에게 누군가 물었고 내가 대답했으며 그걸 목격한 사람들이 있다는 데 나는 울컥했다. 결혼식이 잦은 가을, 토요일이었다. 전국의 수많은 신부가 함께 대답했을 것이었다. 그 뻔한 의식이 느닷없이 정신을 사로잡았다.

예상치 못한 장엄한 기운에 순간적으로 놀랐다고 해서, 문득 대오각성을 하여 검은 머리 파뿌리 될 때까지 비가 오나 눈이 오나 이 서약을 최우선으로 하겠다는 일념으로 살아온 것은 물론 아니다. 신 앞에서 한 맹세도 아니지 않은가. 설령 신이 들었다 해도 인간은 역시 인간의 삶을 사는 것이고, 그 결과는 대체로 "영원히 행복하게 살았습니다happily ever after"가 아니다. 다만 그 '의식의 순간'을 경험한 이후 나는 몸을 정갈하게 한다거나 안 입던 옷이나 액세서리를 착용한다거나 특정한 시간을 들여 구체적인 포즈를 취하는 행위가 인간을 긴장하게 하며, 거기서 솟아나는 힘을 무시할 수 없다고 생각하게 되었다.

예컨대 나는 종교가 없지만 미사포를 쓰고 싶은 마

음에 성당에 한번 다녀볼까 종종 고민한다. 그것의 외양이 아름답기도 하지만, 미사포 안에서라면 조금은 더 가난하고 낮아질 수 있을 것 같아서다. 언젠가, 오랜 신앙을 갖고 있던 친구에게 기도는 어떻게 하는 거냐고 물어본 적이 있다. 그는 성심만 있으면 누워서 하든 엎드려서 하든 무엇이 문제겠느냐며 용기를 주었고, 특별한 방법을 구하지 않아도 괜찮다는 그의 말에 나는 기도를 시작할 수 있었다. 하지만 좀 더 간절한 마음으로 빌고 싶은 날이면, 결혼식 날에 느꼈던 '서늘한 뒤통수'가 그리워진다. 내가 나에게 의례를 만들어주고 싶은 마음. 동네에 우물이라도 있다면, 이른 새벽에 눈 비비고 일어나 차가운 물 한 사발 떠다 놓고 싶은 마음. 우물 따위에 무슨 신묘한 기운이 있어서가 아니라, 무거운 몸에 새벽바람을 굳이 맞히고, 물이 쏟아지지 않게 조심조심 걸어오는 마음, 그 비슷한 것을 새기고 싶어서.

'생각'만으로 당장 엄숙해질 수 있는 사람이 없지야 않겠지만, 적어도 나는 그렇게 효율적인 인간이 아니다. 정신으로 정신을 각성하기 어려우므로, 좀 불편한 옷을 입거나 어떤 물건을 힘들여 움직이거나 특별한 동작을 따라 해보는 인간이다. 그렇게 몸이 거들어야만 아주 조금 생각이 따라가는 수준의 인간이다. 요가를 배우면서 마음이 몸뚱이를 부리는 일에 비하면 몸뚱이가 마음을 달래는 일이 차라리 쉽다는 걸 알았다. 마음을 다스리라는 말 따위, 백 번을 들어도 뭘 어떻게 하라는 건지 모르겠지만, 적어도 가부좌를 하는 순간에는 마음이 가부좌 비슷하게 정렬되는 기분이니까. 나 같은 인간에게는 가부좌를 '강제'하는 일이 어느 정도는 필요한 것이다.

나의 결혼식을 치르고 나서야 남의 결혼식에서 자주 울게 되는 이유도 그렇다. 저들이 지금 '약속'을 하고 있다. 커다란 장소를 빌리고, 사람들을 같은 시간에 모이게 해서, 아름다운 옷들을 입고, 정돈된 문장을 말하고 있다. 그 약속이 지켜질지 아닐지는 어쩌면 중요하지 않다. 저들이 지금까지 함께했던 시간과 앞으로 함께할 시간이 지금 이 순간 하나의 의례로 구현되고 있으며 내가 거기 참석했다는 사실 자체에 나는 동요된다. (어떤 의미에서든) 영원하지 못할 것을 알기에 이렇게 저렇게 치장해서 순간을 붙잡아 보려는 둘의 마음과 그걸 자그마치 '결실'이라고 불러주는 타인들의 마음. 잠시 모두가 '그렇다'고 믿는 순간. 그 순간이 성탄보다 거룩하지 않을 이유가 없어서, 나는 좀 마음 놓고 운다.

나다운 게 ─────────── 뭔데

아주 오래전에 습작 삼아 썼던, 고등학생들이 주인공인 소설 중에 이런 구절이 있었다. 그들의 담임선생이 나오는 부분이다.

담임선생의 별명은 '사람'이다. 사람의 별명이 사람이라는 건 좀 어색한 일이지만, 담임은 말끝마다 '내가 ~~한 사람이다'라고 붙이는 버릇이 있다. "나는 회간장을 만들 때도 와사비는 절대 안 넣는 사람이야"라든지, "내가 어제 광화문에서 서초동 결혼식장까지 차가 막혀서 두시간 걸려 도착한 사람이야"와 같은 사람 타령을 들을 때마다 우리는 매번 어리둥절했다. 이런 생각을 하는 사이 선생이 또 입을 연다. "이런, 벌써 종 칠 때가 됐네. 내가 지금 수업 들어가야 하는 사람이라, 다음에 또 얘기하자."

저 무렵, 나는 실제로 저런 언어 습관을 가진 사람에게 약간 지쳐 있었다. 왜 저이는 저토록 자신을 강박적으로 '설명'하는 걸까. 두 가지 이유가 있다고 보았다. 오해받을까 봐(나는 A니까 B로 보지 마!). 존재감이 희박해질까 봐(A이든 B이든, 일단 나 여기 있어!). 누구나 두 가지를 다 두려워한다. '사람'이니까. 나의 경우 후자를 두려워한 적은 거의 없는데, 전자는 한때 몹시 두려워했다. 여전히 완전히 자유롭지는 않지만 이제는 좀 편안하게 생각하게 됐다. 누군가에게 내가 '어떻게' 보인다면, 그 또한 '나'의 일부일 것이므로.

자기가 어떤 사람인지 지나치게 설명하는 사람만큼 자기 내면의 '다채로움'을 지나치게 강조하는 사람 또한 그다지 신뢰가 가지 않는다. "제가 외향적으로 보이는데 실은 혼자 있는 걸 좋아해요." "낯을 많이 가리는 것처럼 보여도, 친한 사람들하고 있으면 완전 털털하고 망가져요!" 이런 말들이 '저는 밥을 삼키면 위가 소화를 시키고 나중에 똥으로 나와요'와 뭐가 다른지 잘 모르겠다. 누구나 그렇다. 밝다가도 어둡고, 당차다가도 쑥스럽고, 씩씩하다가도 무너지는 게 사람이다. 다 이런저런 면이 있는데 그중 '어떤' 면이 '어떤' 자리에서 '어떤' 이유로 발현되거나 은폐되거나 한다. 스스로 어떻게 규정하든 말든 하나의 인간은 여러 캐릭터로 살아 있는 것이다. 그중 어떤 건 '진짜 나'가 아니고, 어떤 건 '진짜 나'라고 굳이 선을 긋는 사람들이 나는 편안해 보이지 않는다. 그들이 틀렸다는 게 아니라, 그게 뭐 그리 중요한가 해서. 이따금 그렇게 보이기도 한다는 것뿐인데.

어쩌면 '나는 이런 사람이드아아아아!'라고 너무 자주 말하는 건 위기감의 다른 표현일지도 모르겠다. 오해에 대한 두려움이든 존재감이 희박해지는 데 대한 두려움이든, 내가 그저 나 자신으로 가만히 있으면 존중받지 못할 것 같은 위기감. 사춘기 때 정점을 찍은 뒤 차츰 쇠퇴하는 것이 보기 좋지만, 안타깝게도 잘 버려지지 않는 그것. 따라서 '나는 이런 사람이드아아아아!'에 지나치게 몰두하는 사람을 만나면 살짝 거리를 두게 된다. 그리고 속으로 말을 건넨다. 아 당신, 이상한 데 집착해요. 무서워요. 당신이 어떤 사람이든 난 당신을 정의할 생각이 일단 없어요. 당신의 언어와 어조가 가끔 '당신의 어떤 면'을 보여줄 거고 당신에게 행운이나 위기가 닥쳤을 때 나오는 당신의 행동이 또 '당신의 어떤 면'을 보여주겠지요. 그리고 물론 내가 영원히 모를 나머지의 당신. 그걸 다 합친 무언가가 당신을 구성해요. 그뿐이에요.

아프니까 ——————————— 사람이다

지난 계절 내내 스타벅스만 갔다. 커피를 카페인 빼고 마실 수 있는 몇 안 되는 곳이다. 주문할 때 '디카페인'을 붙이면 모든 커피 메뉴가 카페인 없이 거의 유사한 맛으로 공급된다. 물론 집중하면 맛이 미묘하게 다르지만, 아이스로 마시면 차이가 더 희석된다. 스트레스를 받으면 심장이 불규칙하게 뛰는 체질에 카페인은 별로 좋을 게 없는 물질인데, 하루라도 커피 맛을 못 보면 인생에 회의가 솟구치는 딜레마에 빠져 있던 내게 스타벅스는 구원이었다.

스타벅스는 구원이고, 심장은 불수의근이다. 의식이 조절할 수 없는 근육. 노상 뛰고 있으니 평소엔 의식할 일이 없지만, 지나치게 집중하면 마치 디카페인 커피의 맛을 굳이 구별해내듯이 그 박동을 실감할 수 있다. 나는 그 실감을 그다지 좋아하지 않는다. 멈추었으면 좋겠다는 뜻은 아니고, 두근거림이 의식되는 상태를 유쾌하게 여기지 못한다는 뜻이다. 워낙 잔병치레가 많다 보니, 어떤 이유에서든 신체의 일부가 통상에서 벗어났다는 시그널을 일단 위험으로 감지하는 것이다. 본디 심장은 기쁘거나 설레거나 오르가슴을 느껴도 뛰(라고 있는) 것이지만, 기쁘지 않고 설레지 않고 불감해도 괜찮으니 나에겐 그냥 조용히 있어주면 좋겠는 것.

이것이 건강염려증일까. 글쎄, 건강을 염려하는 '질병'을 무얼 기준으로 진단하는지 정확히 모르겠지만, 나는 아픈 상황 자체보다 아파서 일을 못하게 되는 상황이 더 두렵다. 건강도 경쟁력이 되는 세상에서 질병이 주는 고통에 더해지는 '무능력'의 낙인과 자주 싸웠다. 현대사회에서 건강은 건강하지 못한 방식으로 조장된다. 특히 너무 긴 시간 동안 근로하기로 유명한 이 나라에서. 유능한 근로자가 되려면 건강도 스펙이다. 육체와 정신 모두. 건강의 기준은 높아지고, 사람들은 미달하지 않기 위해 노력한다. 나는 아픔을 양해받기 위하여 많은 언어를 동원해보았지만(열이 펄펄 끓었다? 라면도 아닌데. 하늘이 노래졌다? 미세먼지

탓일지도), 가진 거 하나 없는 줄 알았는데 이 육신만큼은 전적으로 나의 소유라 누구와도 공유할 수 없다는 고독만 확인해왔다. 언어로 옮기는 사이 모든 고통은 고립됐다.

그렇다고 언어를 포기하면 어떤 현상이 일어나느냐. '정말 아프냐'는 의혹에 대응해야 한다. '병자랑'만큼 듣기 싫은 게 없다는 것을, 아주 오랫동안 노인과 함께 살아봐서 안다. 하지만 꾀병이나 엄살로 오인되는 것보다야 병력을 나열함으로써 '흠결은 있으나 구라는 안 치는' 사람이 되는 게 낫다. 평판이 무서워서가 아니고, 그래야만 이 공고한 자본주의 사회의 일부의 일부의 일부의 역할이 작동하는 데 잠시 착오가 일어났음을 양해받을 수 있기 때문이다. 제가 기상 직후 최저 혈압이 50이라서, 제가 간밤 최고 체온이 38.5라서, 제가 분기에 한 번 편도선염에 걸리며 국민메뉴 치킨을 먹으면 셋에 두 번은 체하는 채로 30년을 살아와서. 이런 말을 늘어놓는 건 구질구질하게 느껴지지만, 어쩔 수 없다.

세상에는, 타고난 에너지의 효율이 좋지 않아서 '나인 투 식스9 to 6'의 근무가 끝나면 집에 와서 곧장 눕는 것 이외에 아무 것도 할 수 없는 사람이 '있다.' 이를테면 친구를 만나 저녁을 먹고 카페에서 수다를 떤다든지, 영화를 본다든지, 심지어 밤늦게까지 술을 마신다든지 하는 일들이 과로가 되는 사람. 그러나 또, 허약하다고 낭만을 모르겠는가. 상대적으로 몸이 가볍다 싶은 날에 소박하게 과로를 도모하기도 한다. 물론 그때 손실된 에너지를 벌충하려면 제법 시간이 필요한 사람들이, 정말로 있는 것이다.

이들에겐 죄책감과 억울함이 공존한다. 자주 아픈 사람이 주변에 있다는 건 몹시 피곤한 일이며 아픈 당사자야말로 그걸 너무 잘 안다. 신경 쓰이게 하지 말아야 한다는, 폐를 끼치면 안 된다는 강박의 근육이 이들에겐 있다. 하지만 한편으로는 늘 이런 긴장 속에 사는 일상이 분하다. 누구보다 안 아프고 싶은 사람은 나인데. 아프니까 노력한다. 어느 한 군데가 고장 나면 열과 성을 다해 회복시킨다. 그런데 기껏 고쳐놨더니 곧바로 다른 데가 고장 나면 만사가 미운 것이다. 얼마든지 미운 것이다.

그러니 몸이 자주 아픈 이에게 왜 그렇게 자주 아프냐고 묻지 말아달라. 나도 모른다. 헬스를 해봐, 브로콜리를 먹어봐, 외식을 하지 마, 커피를 끊어봐. 모두 선의인 걸 안다. 그들이 나의 '역할'이 아니라 '나'를 걱정해준다는 것을 안다. 그런데 아프지 말라는 말보다 때로는 아파도 괜찮다는 말이 필요할 때가 있다. 좀 아프면 어때, 쉬면 나아질 거야. 사람이 아플 수도 있지, 어떻게 맨날 건강해. 이런 심플한 말이, 아픈 사람에겐 그렇게 좋을 수가 없다.

니체 또한 아프기로 둘째가라면 억울했던 사람이지만 '위대한 건강'이라는 단어로 건강의 역설을 말했다.(《즐거운 학문》,《이 사람을 보라》) 건강하지 않음으로써만 건강은 인식된다. 따라서 건강은 "끊임없이 포기하고 포기해야만" 획득할 수 있는 것이다. 동시에, 건강은 '모델'이 아니다. 백 명에게는 백 가지 타입의 건강이 있다. "신체를 위해서 건강 자체가 의미해야 하는 것에 대한 결정은 너의 목표, 너의 지평, 너의 충동, 그리고 특히 너의 영혼이 가진 이상과 환상에 달려 있기" 때문이다.

자주 아파서 짜증이 날 때면 이놈의 몸뚱어리를 다 분해해서 다시 조립했으면 좋겠다고 말하곤 했지만 이제는 그러지 않는다. 또다시 목이 붓고 어김없이 열이 오를 때 '획득하기 위해 포기하는 건강'을 생각한다. 운명이 다한 게 아니라면 '나'를 조금 더 지속시키는 방향으로 애쓰고 있을 몸속의 어떤 리듬을 생각한다. 편도선이 튼튼한 남의 건강을 부러워하며 편도선이 튼튼하지 않은 나의 건강을 미워하지 않는다. 니체고 뭐고, 미워하니까 더 아프다. 미워하지 않으면서 내가 다만 나로 살기 위한 건강을 연구한다. 복근이 없는, 달리기는 못 하는, 환절기에는 며칠 아파서 이마에 물수건을 올리고 잘 수도 있는, 그런 건강을.

그래서 최근에는 보통의 커피를 다시 마시고 있다.

샷은 한 개만. 두근거리는 심장을 불쾌하게 여기느라 놓친, 기쁘거나 설레거나 엑스터시한 순간의 리듬을 아주 조금만 잡아보려고 한다. 사람이 좀, 심장이 팔딱팔딱 뛸 수도 있지. 위대한 건강의 좌표를 귀엽고 은밀하게 옮겨보는 것이다.

떠나지 않는 ——————————— 이유

　　서울에서 태어났지만 그 도시를 고향이라 생각해본
적은 없었다. 고향에 대한 감각은 태어난 곳에서 멀리 떨
어져 살아가는 이들만의 특별한 정서라고 생각했다. 명절
에 버스나 기차를 타고 갈 곳이 있는 친구들이 속없이 부
럽기도 했다. 고향에 간다는 것, 돌아갈 곳이 있다는 것은
어떤 느낌일까. 그래서 다시 돌아올 수도 있다는 것은.

　　대도시, 특히 '서울살이'란 어쩐지 정상적이지 않다고
자조했다. 지하철 문짝에 뺨을 부비며 출근하는, 아침에
주문한 택배가 해 떨어지기 전에 도착하는, 하루에 열두
시간쯤 일하고도 밤이 어둡지 않은 곳에 익숙하다는 건,

마치 '난 이제 미세먼지에 완전히 익숙해'라고 말하는 것처럼 어딘가 고장 난 채로 꾸역꾸역 일상을 굴리는 느낌이랄까. 인구밀도가 희박한 나라로 이민을 간 친구는 "그렇게 좁은 공간에 그렇게 많은 개체를 집어넣으면 어떤 동물이라도 미쳐버리는 게 자연스러운 일"이라고도 했다.

그의 말대로 이 도시에서 나는 자주 미쳤고, 자주 울었다. 언젠가 떠날 수 있기를 소망하면서 학교와 직장을 다니고 그러나 떠나지 못한 채 신접살림도 꾸렸다. 서울이 참 싫다고 불평하는 동시에 이미 서울에 꼭 어울리는 인간임을 실감하며. 모처럼 여행을 떠나 바닷가에 바투 자리한 호텔에 프리미엄을 주고 묵었으나 우습게도 '바다 때문에' 잠 못 이루는 인간. 창 너머로 선명한 파도 소리가 슬슬 무서워지더니, 무슨 일이 있어도 저 움직임을 멈추게 할 수 없다는 사실에 난데없이 식은땀이 나는, 검고 거대하게 반복되는 자연의 기척에 짓눌려 밤새 뒤척이는 인간.

남쪽 바다 가까이서 태어난 남편 덕에 몇 년 전부터 주기적으로 고속도로를 탄다. 그의 고향은 갯바람에 출렁이는 갈대밭이 지평선을 이루는 곳이다. 차들은 경적을 울리지 않는다. 밤이 되면 거리의 불빛이 사그라지고 검은 하늘에 별들이 솟아난다. 닷새마다 장이 열리며 명물인 떡을 사기 위해 아침부터 사람들이 줄을 서고 정오가 되기도 전에 떡집은 장사를 마친다. 그곳에 가면 인간에게 적정한 일상의 리듬을 다시 생각하게 된다. 그런데도, 그 고혹적인 리듬에도 난 어쩐지 머뭇거리기만 한다. 서울에 가고 싶다. 아니, 서울이 보고 싶다.

고속버스에서 한참을 졸다 서울에 가까워졌음을 알리는 이정표가 보일 때 비로소 안도감이 찾아든다. 터미널에서 내려 지하철로 연결되는 통로의 인파에 섞여들 때 나는 탄식한다. 아, 반갑고 지겨운 나의 서울! 거미줄같이 얽힌 지하철 안에서 내다보이는 한강변의 노란 불빛들. 그것들은 왠지, 손을 뻗으면 모든 물건이 제자리에 있는 곳에 곧 몸을 누일 수 있다고 나를 안심시키는 듯하다.

고향이 아니면 무얼까, 이렇듯 속절없이 나를 홀리는 곳이. 없는 게 없는 편의점은 한밤중에 불쑥 들어가도 놀라지 않고, 살짝 탄 맛의 아이스커피를 홀짝이며 몇 시간이고 책을 읽어도 되는 카페들이 줄지은 이곳. 징글맞게 싸워도 밥은 먹었는지 궁금한 오랜 애인처럼, 다시는 안 보겠다 성깔 부려도 며칠 뜸하면 어디 아픈가 걱정되는 친구처럼, 곁에 둬야 맘이 놓이는 이곳.

나에겐 방랑에 대한 환상도 유독 희박하다. 여행의 즐거움을 모르지 않지만 '돌아갈 곳'에 대한 믿음보다 그것이 중요한 적은 없었다. 심지어 떠나 있지도 않으면서 나는 자주 '돌아가기'를 바란다. 나의 퇴근길은 채 30분이 되지 않는데 집이 가까워질 때면 매번 설렌다. 오늘도 무사히 집에 당도해, 이제 곧 눈과 귀와 입을 닫고 몸을 누일 수 있다는 안도감이 날마다 감격스럽다.

이렇게 유난한 나의 귀소본능을 두고 집에 꿀단지라도 있느냐, 집에서 무슨 재밌는 짓을 하기에 그러느냐 묻는 이도 있다. 하지만 내 집에 있는 것 중에 특별한 것이라곤 집주인의 귀소본능뿐이며, 그 집주인이 와서 하는 일이라곤 침대에 누워 천장을 바라보는 것뿐이다. 나는 오직 '내가 집에 있다'는 사실로 기쁘다. 지진이나 태풍, 또는 괴한의 침입이 없는 한 내 집은 안전하다. 나는 나의 안전을 위해 따로 해야 할 일이 없다. 무례한 사람을 통제할 필요가 없고 마음에 없는 소리를 입 밖에 낼 필요가 없다. 잠시나마 소란한 세계에 참여하지 않아도 된다.

비슷한 이유로 나는 '더 많은 장소'를 경험하는 일 자체가 인간을 '더 낫게' 만든다는 데 동의하지 않는다. 그런 식이라면 모든 외교관과 여행가는 현인이어야 할 것이다. 어차피 인간은 자기 그릇만큼 보고 자기 도량만큼 느낀다. 발레리나 강수진 씨가 날마다 집과 연습실만 오가는 똑같은 일과가 답답하지 않냐는 질문에 "내가 춤추는 몇 평의 연습실 안에 나의 모든 자유가 있다"고 대답하는 것을 들었다. 나도 그 비슷한 생각을 한다. 서울에서 자유를 사유해본 적 없는 사람이 몽골 대초원에서 기마 체험을 한다고 자유로워질까. 커튼 내린 방에서 인간이 가져야 할 최소한의 기개를 고민해보지 않은 사람이 히말라야 트레킹을 한다고 비로소 기상을 품을까. 그런 의미에서 여전히, 이따금, 나는 봉쇄수도원의 수녀가 되는 꿈을 꾼다.

떠남으로써 빛날 수 있는 사람은 떠나지 않았을 때도 빛났던 사람이다. 전혀 멋지지 않은 공간에서도 남몰래 멋졌던 사람이다. 아주 가끔, 어떤 지리멸렬한 아귀다툼의 순간에서 홀로 오롯한 인간을 목격할 때가 있다. "소리에 놀라지 않는 사자와 같이, 그물에 걸리지 않는 바람과 같이, 흙탕물에 더럽히지 않는 연꽃과 같이."(불교 경전《숫타니파타》) 그들은 존재하는 자리마다 고향을 짓고 집을 세우는 듯하다. 어느 먼 곳을 갈망하지 않고, 여기 없는 자유를 저기서 찾으려 하지 않고.

▲ ● ◆

인생은 여행에, 여행은 인생에 자주 비유되는 만큼 자주 오해된다. '그럴듯해야' 한다는 것. 집 떠난 이들이 길목마다 멈춰 서 손가락을 뻗친다. 무언가 다른, 무언가 나은, 무언가 아깝지 않은 순간들을 움켜쥐려고. 손가락 사이로 꽃가루인지 신기루인지 모르게 몇 번의 재채기가 지나간다.

자울자울 피로가 몰려올 때쯤, 여행자이자 생존자인 그들은 의심한다. 이게 다는 아닐 거야. 이윽고 어깨가 뭉치고 무릎이 시큰거릴 때쯤 그들은 직감한다. 떠나오기 전을 그리워하고 있다는 걸. 몸을 누일 수 있는 집, 아무 놀라움도 기쁨도 없는 그곳. 그러나 고단하지 않은 그곳. 탯줄 끊기 전, 아무것도 선택할 필요 없던 그곳.

하지만 어떻게 발설할 수 있겠는가. 발설하는 순간, 나는 사실 그럴듯하지 않다고, 모두가 그럴듯해 보이는데 나는 아니라고 인정하는 꼴인데. 그럴 수는 없다. 어떻게 여기까지 왔는데. 무언가 다른, 무언가 나은, 무언가 아깝지 않은 순간들이 '더' 있을 거야. 다시 손가락을 하늘로 뻗쳐본다. 제 안식이 어디에 있는지 영원히 모른 척하며.

'망한 관종'이 되지 ─────── 않으려면

　세 돌이 갓 지난 조카는 '관종'이다. 곁에 있는 사람이 자신 이외의 대상에 주의를 돌리는 상황을 싫어한다. 엄마와 아빠가 평소보다 길게 말을 주고받거나, 현재 주양육자인 할머니가 누군가와 전화 통화를 하는 상황이 대표적. 저를 배제한 채 어떤 상황이 이뤄지는데, 심지어 저를 건너뛰고도 그 상황이 '길게' 진행될 수 있다는 것이 못마땅하시다. 울거나 훼방을 놓는다. 긍정적인 방향으로 표출되면 느닷없이 춤을 춘다. 날 좀 보소, 날 좀 보소.

　굳이 타인을 동원할 필요가 없는 놀이를 할 때도 그렇다. 주방 놀이를 하든 블록 쌓기를 하든, 누가 꼭 놀이에 개입하지 않더라도 혼자 놀고 있는 자신을 오롯이 바라봐주길 바란다. 설거지를 하거나 핸드폰을 보면 싫어한다. 그러니까 단지 혼자 노는 게 지루해서도 아니다. 아이가 포기할 수 없는 것은 순전한 관심이다.

아직 36개월밖에 살지 않은 사람이 관종인 것은 당연하다. 타인의 관심이 없으면 (원초적인 뜻에서) 살아남을 수 없다. 이건 어린 사슴이나 새끼 돼지도 마찬가지. 그러나 조카는 하고많은 동물 가운데 하필 영장류, 그중에서도 쓸데없이 뇌 구조만 복잡한 사피엔스로 태어나, 배가 제법 부르고 똥을 시원하게 눠도 '무언가 항상 부족한 느낌'을 덤으로 얻는 운명에 놓였다. 관종으로 태어나, 좀 나이를 먹으면 대놓고 관종이기엔 왠지 부끄러우면서, 와중에 다른 관종들과 관심을 쪼개 먹는 고통까지 감내하면서 인간은 살아가도록, 아니 죽어가도록 설계된 것이다. 그러니 내 아이를 지독하게 사랑하는 내가, 그를 낳지 않을 수밖에.

아이들은 좋은 냄새가 나고 눈동자가 크고 뒤꿈치도 만질만질하니 관심받기 어렵지 않다. 문제는 더 이상 좋은 냄새가 나지 않고 눈동자가 멍청해지고 뒤꿈치도 딱딱해진 분들이다. 그저 아름답게 존재하는 것만으로 관심을 획득하기 어려워진 사피엔스는 다른 방법을 도모하게 된다.

사람들을 불러 모아 신기한 이야기를 들려준다든지 신기한 물건을 보여준다든지 신기한 짓을 한다든지. 관종의 역사는 깊고 찬란하다. 날 좀 보아달라는 욕망의 역사가 적어도 예술을 이어왔으니까.

춤은 아름답고, 고로 춤추는 관종도 아름답다. 그러나 아직 36개월밖에 살지 않은 사람이 아니라면, 나를 바라봐주지 않는 시간을 도저히 견디지 못하겠다는 이유로 느닷없이 춤을 추면 안 된다. 딴 데 보지 말고 오직 나만 보라는 이유에서라면, 신기한 이야기를 들려줘서도 신기한 물건을 보여줘서도 안 된다. 왜냐하면 타인의 입장에서는, 너무 많은 것을 보기엔 너무 할 일이 많으니까. 네춤도 보고 싶고 네 노래도 듣고 싶지만 아무래도 한 사람으로서는, 너무 많이 보거나 들을 수가 없다. T.P.O를 가리지 않고 춤추고 노래하는 사람, 그런데 생각보다 많다. 36개월도 아닌데 그러면 몹시 피곤하다.

오해 마시라. 거듭 말하지만 나는 관종들을 사랑한다. 그들은 멍석을 깔아놓으면 그 위에서 폭발하는 사람들이다. 명석한 관종은 이 멍석이 제 멍석인지 남의 멍석인지를 분별한다. 남의 멍석에는 안 올라간다. 제 멍석에서만 관종은 관중을 즐긴다. 저에게 쏟아지는 관심 속에서 드러내고 뽐내는 중에 아름다워진다. 그리고 아름다움은 다시 관심을 부른다. 하지만 멍석이 개어져도 조바심 내지 않는다. 멍석 놀이는 제로섬게임이 아니니까. 멍석 같은 건 잠깐 누구 빌려줘도 죽지 않는다는 걸 아니까. 죽는 것도 아닌데, 고독쯤이야. 고독해서 죽을 것 같아도, 내가 아직 안 죽어봐서 아는데 잘 안 죽는다.

글 쓰는 관종으로서 얼마 전에 작곡하는 관종을 만나, 명석한 관종이 되기 위한 또 하나의 방안에 협의했다. 430개월쯤 된 관종이라면 내가 만든 글과 음악에 던져지는 관심은 기쁘게 받아들인다. 그러나 글을 쓴 '나', 음악을 지은 '나'에게 흘러드는 관심에 너무 날뛰어서는 안 된다. 그 둘의 경계를 항상 예민하게 인식해야 한다. 그러지 않으면 망가지는 건 시간문제다.

우리 주변의 망가진 관종은 그리하여 두 종류다. 제 명석의 흥행을 위해 남의 명석에 가서 재 뿌리는 부류, 그리고 명석을 깔아주면 (좋긴 좋으면서도) 막상 무얼 어쩌지도 못하면서 안 깔아주면 토라지는 부류. 이분들은 나의 조카와 함께 서울시 성동구에 있는 K어린이집에 다니시면 좋다. 연령에 따라 한 명의 교사가 돌보는 인원수가 다른데, 참고로 내 조카는 7인의 관종이 경합을 벌이는 P반에 속해 있다.

당신의 '부심'은 ———————— 무엇입니까

특정인을 보며 가정하곤 한다. 저이에게 ○○가 없었다면 저이는 저이로서 존재할 수 있을까. 저이에게 훤한 얼굴이 없었다면, 저이에게 출신 학교가 없었다면, 저이에게 든든한 부모가 없었다면, 저이에게 장성한 자식이 없었다면, 저이에게 번듯한 직장이 없었다면. 주목받을 외모가 없고 으스댈 학벌이 없고 기댈 언덕이 없고 내세울 자식이 없고 내밀 명함 하나가 없어도, 저이는 지금 수준의 '정서적 건강'을 유지할 수 있을까.

자존감 이야기다. 뻔한 예시를 들었지만, 사람이 자기 자존감의 원천이라고 믿는 것에 별게 다 있다는 데 자주 놀란다. 요즘 말로 '○○부심' 되겠다. 평생 서울(또는 강남)을 떠나본 적 없다는 서울(강남)부심, 해외깨나 다녀봤다는 여행부심, 한때 좀 놀아봤다는 일진부심, 차부심, 아내부심, 남편부심, 키부심, 몸부심…. 자기로부터 긍지를 수색하려는 인간의 집요함은 무궁하다.

자존감은 부심으로부터 올까. 더 크고 더 강하고 더 다양한 부심은 인간의 정서적 건강을 담보할까. 견고한 강남부심을 가진 이가 더 이상 강남에 살지 못하게 되면, 실제로 그는 부심의 상실로 인해 정서적으로 불안을 느낄 가능성이 크다. '그나마' 유지했던 너그러움, 평상심, 인류애 같은 것이 와르르 무너질지도 모른다. 툭하면 "야, 내가 이제 강남 안 산다고 무시하냐"로 시작되는 '열폭'으로 주위 사람들을 괴롭힌다든지. 그렇게 따지면 그에게 강남부심은 없는 것보다는 있는 게 낫다. 적어도 주변인들의 평화를 위해서라면.

하지만 바로 그 이유 때문에 부심은 자존감이 아니다. 자존감과 관계없는 정도가 아니라 자존감을 가장 핵심적으로 방해하는 장애물인 듯하다. 곰곰 지켜보면, 남을 괴롭히는 상황을 유독 자주 만드는 사람 중에 정작 악의가 있는 사람은 많지 않았다. 그들은 '자신을 방어하느라' 남을 괴롭히곤 했다. 잘나지 못한 나를 공격할까 봐, 무시

할까 봐, 따돌릴까 봐, 속일까 봐 지레 먼저 손톱을 세웠다. 그래서 부심을 구석구석 뒤져보게 되었다. 나 어디 살아, 나 어느 대학 나왔어, 나 그거 해봤어, 나 거기 다녀. 부심을 웬만큼 수집하고 나면 적어도 내가 그렇게 '당할' 일은 없을 것 같으니까.

하지만 강남 살던 이가 죽을 때까지 강남에 살리라는 보장은 없고 설령 그런 운(?)이 따르더라도 부심은 필연적으로 타인의 부심과 경쟁해야 하는 처지이기 때문에 더 강력한 부심 앞에서는 손바닥 뒤집히듯 열폭으로 탈바꿈한다. 부심은 생각보다 부실하다. 부실한 것이 자존自尊이 될 리 없다.

그러나 사람이 정말로 부심 없이 살 수 있을까. 왜 사람은 결국엔 조각날 게 뻔한 부심들을 박박 긁어모으며 모래성 같은 위안 속에 숨으려 할까. 나에게도 몇 가지 소소하고 부끄러운 부심이 있고, 그 부심들은 때에 따라 크기를 줄이기도 부풀리기도 한다. 가끔씩 (드물게) 정서적으로 편안한 상태에 있다고 느낄 때, 부심의 부피를 점검한다. 내가 지금 무슨 부심에 기대어 있나. 그렇게 질문하면 부심의 정체는 생각보다 쉽게 드러나고 그 연약함 또한 너무 쉽게 눈에 띈다. 저게 지금 사라지면, 혹은 위협당하면 나는 진짜 '아무것'도 아닌 게 되어버리는구나. 그럼 나는 쪼그라들고, 툭하면 날이 서고, 그렇게 남을 피곤하게 하면서 '나를 무시하지 마라!' 으르렁대느라 모든 에너지를 소모하겠구나.

'지나치게' 그런 사람이 되고 싶지는 않으므로 부심이 인식될 때마다 그것이 통째로 사라지는 상상을 한다. 사라질지 안 사라질지는 모르는 거고 사라진대도 당장은 아니겠지만, 그래도 상상한다. 상상하면 싫고 속상하고 무섭고 절망적이다. 그런데 그것이야말로 순수한 자존 앞에 놓인, 벌거벗은 '나'일 것이다. 그 어떤 부심을 입지 않고서도 나는 자존을 지킬 수 있을까. 그 어떤 부심에도 기대지 않고 내가 나를 그저 존엄하게 여기는 마음을 먹을 수 있을까. 그러니 자존감이란 얼마나 요원한가. 무얼 갖추어야 하는 게 아니라 말끔히 버린 사람, 모조리 다 버리고도 스스로 어두워지지 않는 사람에게서만 마침내 고개를 드는 것이라니.

▲ ● ◆

세속적 욕망을 (굳이) 자주 노출하는 이들에게는 그러한 '발화'가 힙하고 시크하게 여겨질 거라고 믿는 구석이 있는 듯하다. 대표적으로 '소비가닥치고미덕'주의자들. 자신의 계급이나 소비 패턴을 옹호(또는 방어?)할 때의 레퍼토리로 "돈 싫어하는 사람이 어디 있냐", "다 잘 먹고 잘 살자고 하는 짓" 등이 있다. 난이도를 살짝 높이면 "한국이 참 돈만 있으면 살기 좋다"까지도 포함한다. 두 번째로 '경쟁만세'주의자들. 주로 "내 새끼가 남의 새끼보다 잘되기 바라는 건 인지상정"에서 출발하며 "인생은 적자생존"으로 마무리된다. 양자의 공통점은 어쨌거나 솔직히 까놓고 말해 '너나 나나' 속물 아니냐는 것. 그렇다. 왜 아니겠나. 누구나 속물로 태어나 속물로 살아간다. 그런데 가끔 소심하게 말해주고 싶다. "응. 다 좋은데, 어깨동무는 하지 마. 그냥 혼자 생각해…."

애정결핍자의 ——————— 올바른 자세

　　애정결핍으로 인한 내상이 고약한 이유는 결핍된 성
분을 투여해도 완치가 어렵다는 데 있다. 피가 모자라 철
분제 따위를 먹었을 때의 효험을 기대하기 어려운 것이다.
어떤 연유든 한번 사납게 유실돼버린 애정은 엔간해서는
정상 범위까지 차오르지 않는다. 밖에서 아무리 쭉쭉 주
유해도 이미 금이 간 독에서 졸졸 새어나가기 때문이다.
　　주유했는데도 왜 '만땅'이 아니냐며, 성의 없게 했거
나 하는 척만 한 게 아니냐며, 애먼 주유소에다 행패를 부
리는 사람들을 보았다. 나 역시 그중 하나였던 적이 없지
않다. 저 동네 주유소는 좀 나으려나, 그때 그 동네가 그

나마 괜찮았던 걸까, 주유소끼리 뭔가 담합을 한 게 아닐까. 채워도 채워도 차오르지 않는 애정을 계량만 하다 시동이 자꾸 꺼지는 줄도 모르고.

주유소의 문제가 아니라는 걸, 어딘가 구멍이 있다는 걸 부정할 수 없게 됐을 때, 내게 들어온 애정은 머물 때까지만 내 것이다, 알았다, 졌다, 항복했을 때, 나는 밑 빠진 독을 한참 들여다봤다. 저걸 그럼 어쩐다. 어쨌든 시동을 걸어야 할 게 아닌가. 언덕도 많고 고속도로도 있는데.

갈라진 독 안을 들여다보면 애정이 담겼던 자리가 드러난다. 쏟아지는 대로 새어나갔을지언정 완전히 쓸려가지는 않았다. 주유소를 찾아가 진상 부리기 전에, 그곳에 슬그머니 작은 두레박을 내린다. 끙끙 끌어올리면, 가라앉아 있던 몇 모금의 사랑이 찰랑찰랑 실려 올라온다. 퍼 올리고 퍼 올리고 모자라면 더 바지런히 움직여 스스로 '미니멈'을 유지하는 거다. 몽땅 빠져나가기 전에. 애정결핍자는 거저먹으려고 하면 안 된다. 힘들어도 힘들어서 사랑의 흔적에 닿아야, 그곳의 온기가 한때 내 것이었고 그것은 내가 잘나서 생겼던 게 아니라 그저 상대에게 고마워해야 하는 일이었음을 수십 수백 번 각성해야 다음번 주유에 효과가 있는 것이다.

이제, 내가 애정결핍이라는 건 만고의 비밀이 되었다.

나에게 사랑을 쏟아봐야 밑 빠진 독에 물 붓기라는 것도, 나의 성실한 두레박질로 어느 정도 은폐되었다. 정갈하게 삼시 식사를 하고 은밀하게 배변을 하듯 매일의 과업을 수행하는 중이다. 사랑이 지나간 자리에 덜컹덜컹 두레박 내리기. 성마른 그리움에 사랑 몇 방울 적시기. 오늘도 나의 결핍은 결핍을 면한다.

안심하는 ─────────────── 시간

최근에 읽은 저자 프로필 중 가장 인상 깊었던 건 박연준 시인의 소개말이었다. "기운이 불안정할 때가 많아서 '나는 아직 시간이 많고, 사랑하는 남자와 살고 있으며, 해야 할 일이 있다'고 써놓고 안심하는 시간을 정기적으로 갖는다."《밤은 길고, 괴롭습니다》)

기운이 불안정하다는 것, 안심하는 과정이 정기적으로 필요하다는 것 모두 나의 처지와 비슷해서다. 하지만 돌아보면 이 땅을 살아가는 사람 중에 기운이 불안정하지 않고, 안심하는 과정이 정기적으로 필요하지 않은 사람이 누가 있겠나 싶다. 쫓고 쫓기고, 몰고 몰리고, 울고 울리고, 긁고 긁히는 야만 속에서.

스스로 불안정하다는 것을 몰라서, 정기적으로 안심하는 시간의 필요성을 느끼지 못하는 상태가 야만을 부추긴다고 나는 생각한다. 건강하지 않은데 건강하다는 착각, 또는 안심하는 시간을 자신에게 내어줄 줄 몰라서 자꾸 바깥으로부터 안심을 갈구하려는 시도들. 조금 더 많은 돈이라면, 조금 더 큰 명예라면, 혹은 '당신의' 조금 더 큰 지지라면 내가 비로소 안심할 수 있을 텐데. 쫓고 쫓기고, 몰고 몰리고, 울고 울리고, 긁고 긁히는 '안심 투쟁'이 판치고 아무도 안심하지 못한다.

내게 안심하는 시간이란 기도하는 시간의 다른 말이다. 박연준 시인의 문장을 빌려 내 기도문을 채우면 이렇다.

나는 이미 많은 시간을 지나왔고, 사랑을 주고받은 경험이 있으니, 남은 날들을 너무 두려워하지 않게 하소서.

바꿔 말하면, 앞으로 너무 많은 날들이 남아 있는 것 같아 망연한데, 사랑을 주고받을 사람들마저 떠나가서, 남은 날들을 견뎌낼 힘이 바닥날까 봐 두려울 때 하는 기도다.

기도하는 시간이 소중한 건 내가 무얼 두려워하는지 알 수 있기 때문이다. 안심하지 못하는 바람에 어떤 애먼 사람을 괴롭혔는지도 그제서야 알 수 있다. 쫓고 쫓기고, 몰고 몰리고, 울고 울리고, 긁고 긁히는 미로 속 어디쯤에 있었는지 나는 기도 속에서 가늠한다. 미로에서 빠져나올 길은 영원히 없더라도, 미로에 나자빠져서 남의 통행까지 가로막고 싶지는 않다고 다짐한다. 야만에 살더라도, 야만을 더하고 싶지는 않다고. 이조차 욕심이라면, 안심 대신 차라리 욕심을 택하겠다고.

▲ ● ◆

'사실 엉망진창이지만, 어른이니까 멀쩡한 척하고 다닙니다'

라는 말 따위 꼭 이마에 써 붙여야 아는 건가. 안 붙이고 다

녀도 서로서로 으레 그런 줄 알고 지내는 게 어른 아닌가. 제

속이 엉망진창임을 감추지 않는 인간이나, 누가 멀쩡한 척

한다고 그 속이 엉망진창임을 모르는 인간이나, 다 좋은데

적어도 어른 대접 받을 생각은 안 했으면 좋겠다.

그럼에도 ——————— 불구하고

    회자되는 명장면이 수두룩한 영화 〈바람과 함께 사라지다〉에서 내가 가장 좋아하는 순간은 1부가 끝날 때 나온다. 러닝타임이 네 시간에 육박하는 이 영화의 절반인 1부를 보았다면, 그래서 1부의 마지막 장면을 보았다면 그 영화를 다 보았다고 말해도 괜찮다고 나는 생각한다. 주인공 스칼릿 오하라가 전쟁으로 폐허가 된 고향의 농장에 돌아와 흙 속에서 말라비틀어진 무를 짐승처럼 씹다가 천천히 허리를 곧추세우고 작은 주먹을 꽉 쥔 채 붉은 노을 속 실루엣으로 멀어지는 부분이다.

    그 장면이 지나갈 때면 어디선가 "당신도, 나도, 누

구라도 죽으면 안 돼. 왜인지는 모르겠지만 일단 살아, 한 번 살아봐" 하는 외침이 환청처럼 쏟아진다. 그 장면이 보고 싶어서, 또는 그 환청이 듣고 싶어서 나는 1부만 돌려본 적이 여러 번이다. 주로 뭔가 '망했다'고 느껴질 때다. '망亡하다'의 뜻풀이를 사전에서 찾아보면 "개인, 가정, 단체 따위가 제 구실을 하지 못하고 끝장이 나다"라고 나온다. '끝장'을 다시 찾아보면 "일이 더 나아갈 수 없는 막다른 상태"라고 나온다. 이게 중요하다. 막다른 걸 알면서 일어서는 것. 찢기고 찢어져 이를 데 없이 비참해진 뒤 '그럼에도 불구하고' 열 손톱 부러뜨리며 다시 걷는 것.

생의 유의미한 과제들은 전부 '그럼에도 불구하고'에서 출발한다. '그럼'의 기준이야 제각기겠으나 나는 적어도, 지나간 어느 깊은 밤에 "나, 이번 생은 베렸어"(황지우, 〈거울에 비친 패종시계〉)라고 두 손 들어본 이들을 신뢰하고 사랑한다. 같은 맥락에서, 제 생을 척척 통제해왔거나 앞으로 통제할 수 있다고 믿는 이들은 신뢰하기 어렵다. 이들은 삶이 두렵지 않으므로 스스로 용기를 지녔다고 생각할지 모르겠으나 용기가 있어서 용기를 낸다는 건 아이러니다. 삶을 가장 크게 두려워하는 사람에게 가장 크게 허락되는 것이 용기일 테다.

용기는 거대하지만 용기의 흔적은 사소할 수도 있다.

이번 생은 아주 베려버려서 남은 날들이 온통 무섭고 두렵기만 한데, 그럼에도 불구하고 아침에 이를 닦고 옷을 챙겨 입을 수 있는 것이 내겐 용기다. 실의에 빠진 이에게 조금만 용기를 내보라고 말했다가 지청구를 들은 적이 있다. 너는 나를 모른다고, 내가 얼마나 힘든지 알면 이 상황에서 용기를 내라는 말이 나오지는 않을 거라고. 나는 그의 말을 이해했다. 그는 내가 말한 용기를, 몹시 비약적이고 드라마틱한 마음가짐으로 알아들었을 것이다. 두 팔을 앞뒤로 흔들며 씩씩하게 걸어보라는 이야기가 아니었다. 신발을 신고 몇 걸음만 옮겨보라는 말이었다. 물론 그 몇 걸음에도 어마어마한 노력이 필요하다는 걸 안다. 그러나 노력은 잔인하게도 궁극적으로는 어느 누구도 대신해줄 수가 없다. 우리는 몹시 두려울 때 위로와 격려와 응원을 받을 수 있지만, 그 모든 힘을 그러모아 최후에 실제로 노력해야 하는 당사자는 오직 나 자신뿐이다.

'노력하라'는 말이 꼰대의 잔소리로 치부되는 상황을 종종 목격한다. '노오력'해봤자 세상은 달라지지 않으며 세상은 유약한 개인의 '노오력'을 갉아먹으며 제 배를 채운다고 누군가는 말한다. 합리적이지도 공정하지도 않은 세상에 던져진 청춘들이 노력을 냉소하는 마음을 이해한다. 그러나 그 노력은 삶을 통제할 수 있다고 믿는 사람들이 강조하는 그것에 가까울 것이다. 내가 애쓰는 만큼 원하는 것을 소유할 수 있다는, 남보다 윤택한 삶을 누릴 수 있다는 가치관. 합리적이지 않고 공정하지 않은 세계에서 이런 태도는 개인을 기만할 뿐이다. 다만 나는 세상 어느 나라 어느 집단에서 살든 모든 인간에게는 '존재'로서 타고난 불행이 있다고 여기는 편이다. 사회적 폭력과 무관한, 태어남 자체로 얽힌 고통. 어떤 종교에서는 그래서 삶이 고해苦海라 하고, 또 다른 종교에서는 모든 인간이 원죄原罪를 갖고 태어난다고 하는 걸까.

개인에게 모든 책임을 전가하는 시스템에 맞서기 위해 노력을 경계하는 일과 존재로서 노력하는 일을 혼동하는 것은 그래서 비극이다. 대농장주의 맏딸로 노예를 부리고, 빼어난 미모로 온 마을 청년의 구애를 독차지하며 살아왔던 스칼릿이 폐허가 된 타라에 돌아왔을 때, 아무것도 남지 않은 저택과 실성한 아버지와 그럼에도 살아남아 부양해야 할 식솔 앞에서, '전쟁'이라는 세계의 부조리와 '존재'로서의 부조리는 겹친다. 반전운동가가 되지 않았다고 해서 스칼릿을 탓할 것인가. 맨손으로 목화를 따 일가를 먹이려 분투하는 존재의 노력, '그럼에도 불구하고' 생을 이어가려는 노력은 폄하될 수 없다. 바꿔 말하면, 존재로서 노력하지 않아도 되는 사람은 없다.

'그럼에도 불구하고' 노력할 수 있는 능력은 어른의 덕목이기도 하다. 반대되는 개념으로 '리셋증후군'을 들 수 있을 듯하다. 컴퓨터가 오작동할 때 리셋reset 버튼을 누르면 다시 시작할 수 있듯, 삶에 어려움이 닥쳤을 때 현실을 회피하고 모든 걸 원점으로 돌리고 싶은 마음. 극단적으로는 이번 생을 끝내고 '재부팅'하려는 병리적 현상을 가리키기도 한다. 그러나 생의 오작동은 시도 때도 없이 일어나는데.

이제는 어렴풋이 알게 된다. 세상에 어떻게 그런 일이 있나 싶은데 꼭 그런 일이 있는 게 삶이다. 어떻게 사람이 그럴 수 있나 싶은데 어떻게 꼭 그러는 게 사람이다. 이 사실을 깜빡할 때마다, 마치 처음 본다는 듯 충격받고 절망하고 엄살 부리려는 나를 볼 때마다 수전 손택의 말을 되새긴다.

이 세상에 온갖 악행이 존재하고 있다는 데 매번 놀라는 사람, 인간이 얼마나 섬뜩한 방식으로 타인에게 잔인한 해코지를 손수 저지를 수 있는지 보여주는 증거를 볼 때마다 끊임없이 환멸을 느끼는 사람은 도덕적으로나 심리적으로나 아직 성숙하지 못한 인물이다. 나이가 얼마나 됐든지 간에, 무릇 사람이라면 이럴 정도로 무지

할 뿐만 아니라 세상만사를 망각할 만큼 순수하고 천
박해질 수 있을 권리가 전혀 없다.

— 수전 손택, 《타인의 고통》

대학 시절 존경했던 선생은, 도망쳐 찾는 자유는 자유가 아니라고 말했다. 지금 있는 그 자리에서 자유로워져야 한다고. 일상의 고통을 마취하기 위해 도망의 환상을 부지런히 소비하던 때였다. 우선 '지금 여기'를 떠나면 될 것이라고 나는 나에게 최면을 걸었다. 그러나 고통이 머리카락이나 손톱처럼 존재에서 자라난다는 것을 아는 이에게 낙원 같은 건 없다. '그럼에도 불구하고' 노력해야만 낙원 그 비슷한 길을 낼 수 있다고 믿을 뿐이다.

2

그건 그 사람

마음이에요

가족이 ———————— 지옥이 될 때

　알고 있다는 믿음으로 관계는 유지된다. 잘났든 못났든 저마다 외롭다고 느끼도록 설계된 사피엔스는 타인을 곁에 두기 위해 그를 '알고자' 한다. 무엇을 좋아하는지 싫어하는지, 잘하는지 못하는지, 바라는지 피하는지. 알지 못하면 곁에 두는 일이 수월하지 않고, 곁에 두는 일이 수월하지 않으면 관계는 깨진다. 그러나 깨지는 관계보다 더 무서운 건 지옥이 되는 관계다. 알고 있다는 믿음이 넘쳐, 결코 알 수 없다는 자각을 해본 적이 없는 관계.

　주로 가족이라는 이름으로 모이는 사람들이 그렇다. 이들은 밖에서는 (상대적으로) 멀쩡하지만, 희한하게도 가족이라는 역할에 투입되는 즉시 나사가 하나 빠진 가전제품처럼 잡음을 낸다. 이들이 잃어버린 나사는 '누굴 알고 있다고 해서 반드시 알게 되는 것은 아니다'라는 지극히 소박한 상식이다. '나는 당신을 안다'는 전제는 '저 인간 또 시작이다'로 이어진다. '또'가 핵심이다. 나는 당신을 알기 때문에, 당신의 사고와 행동은 또 그것이다. 즉, 당신은 지긋지긋하다.

정말 그런가. 지긋지긋한 게 과연 당신인가. 나는 단 한 번도 당신인 적이 없는데. 내가 당신을 낳았어도, 당신이 나를 낳았어도, 아니면 당신과 내가 누굴 같이 낳았어도, 나는 당신이 되어본 적이 없는데. 무슨 근거로 '당신이' 지긋지긋하다고 말할 수 있나. 지긋지긋한 것은 당신을 바라보는 나의 프레임 아닌가. 오래된 어느 날 당신을 거칠게 욱여넣고 한 번도 업데이트하지 않았던 그 프레임.

우리는 죽어도 내 부모, 내 자식, 내 형제가 어떤 인간인지 다 알 수 없다. 그 '무지'의 수준은 어쩌면, 점심시간을 쪼개 들른 은행에서 내 바로 앞 대기표를 뽑고 지나치게 긴 상담을 그칠 줄 모르던 사람의 뒤통수에 꽂히는 종류와 다르지 않다. 은행 창구에서 인생 상담을 하는 듯한 그에게로 저벅저벅 걸어가 "뒤에서 기다리는 사람들 좀 생각해서 작작 좀 하시죠"라고 말하지 않는 것은 그가 모르는 사람이기 때문이다. 모르는 사람에게 우리는 가능하면, 무엇을 요구하지 않는다. 기대하지도 않는다. 물론 그가 빨리 나가줘서 내 차례가 왔으면 좋겠다고 '생각'은 하지만, 일이 그렇게 되지 않아서 점심시간이 몽땅 지나가고 다시 내일 점심시간을 기약해야 한다고 해도 우리는 결코 그의 멱살을 잡고 은행 창구에서 난동을 부리지 않는다. 은행 문을 나서며 다만, 오늘은 운이 나빴네, 할 뿐이다.

그러나 포악한 아버지에 대하여, 속된 어머니에 대하여, 막돼먹은 아들과 망동하는 딸에 대하여, 우리는 난동을 참지 못한다. 그게 부모가 할 소리야? 자식새끼가 언다대고! 오랜 시간 업데이트하지 않은 '나의 프레임' 안에 구겨진 그들에게 우리는 요구한다. 부모로서 부모답기를, 자식으로서 자식답기를. 제발 지긋지긋한 짓 좀 그만하기를. 도무지 우리는 은행에서 그랬듯이 인내와 교양을 갖추고 그 자리를 빠져나오지 못한다. 우리에게 그저 운이 따르지 않았을 뿐이라는 건 은행에서와 다르지 않은데도.

그리하여 외워야 한다. '나는 당신을 모른다.' 부모도 자식도 남편도 아내도 서로에게 복창해야 한다. 내가 아는 건 오직 내가 당신을 모른다는 것뿐이다. 모르는 사람에게 기대를 품거나 실망하거나 심지어 난동을 부리는 일은 제정신을 가진 사람이 할 짓이 아니다. 따라서 "이제껏 살아왔으면서 나를 그렇게 몰라?" 따위의 언설도 금물이다. 모른다. 모르니까 설명해주고, 초면인 것처럼 경청하라. 알고 있다는 믿음을 부수고, 끝내 알 수 없다는 자각을 반복하지 않으면, 지옥은 깰 수 없다.

그건 그 사람 ──────────── 마음이에요

　가출보다는 출가에 관심이 있었다. 돌아보면 우습지
만 당시에는 진지했다. 비구니가 되는 것은 어떨까, 처음
생각한 때는 젊었던 엄마가 위의 통증을 호소하다 병원
에 검사를 받으러 가기까지의 몇 주였다. 나는 좀 기묘하
리만큼 엄마를 좋아하는 애였다. 아이들이라면 대체로 엄
마를 좋아하겠지만 엄마가 부엌칼에 살짝 손을 베거나 코
감기에 걸렸다는 사실이 바로 그날 밤 '엄마가 죽으면 어
쩌지?'라는 불안으로 이어지는 초등학생이 그렇게 많을지
는 잘 모르겠다. 엄마가 '무려' 위내시경을 받으러 간다는
것이 어마어마한 공포로 다가왔고, 만일 엄마에게 안 좋은

결과가 나온다면 나는 하는 수 없이 비구니가 되겠다는 결론에 이르렀다.

그러니까 승려가 되는 일은 나에게 닥칠 '무시무시한' 일에서 도망갈 수 있는 유일한 길이라고, 어린 나는 믿었던 듯하다. 아무 근거도 논리도 (당연히) 없다. 그냥 머리를 깎고 회색 빛깔의 옷을 입은 다음, 먼 산속에서 날마다 절을 하고 빗자루로 마당을 쓸면 '무시무시한' 일들을 피할 수 있을 것 같았다. 엄마는 가벼운 위염 진단을 받았다. 엄마가 병원에서 가져온 내시경 사진 속의 매끈한 위를 오래도록 쳐다본 다음, 나는 방으로 들어가 학교 숙제를 하고 준비물을 챙겼다.

그러고도 나는 감당하기 어려운 감정이 생길 때마다, 출가를 하면 된다는 믿음을 무슨 보험처럼 소환했다. 머리가 굵어지면서는 나름의 논리를 갖추기 위해서였는지 승려들의 저서를 찾아 읽기도 했다. 마음에 들었다. 안 갖고, 버리고, 포기하라는 태도. 부질없고, 지나가고, 먼지 같고, 미물이니, 집착하지 말라는 세계관. 세상이 어두운 것은 네 마음이 어둡기 때문이라는 꾸짖음.

그러다 스무 살 넘고 밥벌이를 하게 되었다. 남의 돈을 번다는 것은 생각보다도 더 무거운 일이었다. 당장의 일도 무거웠지만, 큰 뜻이나 높은 이상이 없어도 다만 살아가려면 죽을 때까지 돈을 벌어야 하는데, 그러기 위해 일정한 용도로 쓰일 만한 가치를 죽을 때까지 생산해야 한다는 실감이 무거웠다. 불교가 설파하는 것, 나의 두려움을 덜어주었던 것들에 반감이 생기기 시작했다. 아, 뭐 노상 마음에 달렸대. 마음 탓이 아닌 것도 있으니까 화도 내고 시위도 하고 투표도 하는 것 아닌가. 이른바 '스타 스님들'의 책이나 강연, 어록이 거슬렸다. 먹고살려면 멈출 수가 없는데 비로소 보이긴 뭐가 보인다는 건가요. 멈추면 죽는 사람도 있다고요, 스님.

어린 날의 그때처럼 삶이 무시무시하게 느껴지더라도 이제 더 이상 출가하고 싶다는 생각은 하지 않는다. 삶은 도망치는 자에게 더욱 집요하다. 그런데 도망치지 않는 척하면서도 어디 구석에 처박혀 108배 같은 것을 하고 싶은 날이 여전히 있다. 그런 날엔 반드시 절에 가고 싶어진다. 머리를 깎지는 않더라도 풍경 소리나 향냄새 사이를 느릿느릿 걷는 상상을 하는 것이다. 가봤던 것처럼, 뭘 아는 것처럼. 상상은 부지런하고 육신은 게으르므로 유튜브로 산사와 관련된 영상을 찾다가, 불자들이 모인 자리에서 경전을 강독하며 속세의 고민도 들어주는 한 승려의 강연을 우연히 보게 됐다. 오랜만이었다. 불자들은 이승의 온갖 번뇌를 토로하고 승려는 흔들림 없이 '너의 마음'

을 책망하는 패턴. 집착, 소유, 마음을 옥죄는 것으로부터 '네가 벗어나라.' 병에 걸리고, 사업이 망하고, 시험에 떨어지고, 가족과 등지고, 억울한 소송에 휘말린 사람들의 절절한 사연을 멍하니 듣고 있는데, 자그마한 중년의 여성이 나왔다.

오래전에 남편과 헤어지고 자식을 둘이나 홀로 키웠다고 했다. 한국에서, 혼자, 자식 둘을 장성하도록 키워낸 여인이 지금 당면한 문제는 연인의 배신이었다. 최근에 헤어진 연인 때문에 두 번이나 자살을 시도했다고 했다. '버림받았다'고 그는 표현했다. 죽을 목숨이 아니었는지 번번이 살아남았다는 이야기를 "제 마음은 이제 자갈밭입니다, 스님" 하면서 토로했다. 얼굴에는 모자이크가 씌워졌지만 음성은 그대로 녹화된 듯했다. 분하고, 서럽고, 그러나 여전히 그리워 사무친 목소리였다. 떠난 연인이 얼마나 멋진 사람이었는지, 얼마나 자신에게 믿음을 주었는지, 그래서 '우리가' 얼마나 행복했는지 그는 강조했다. 마치 누가 자신의 사랑에 이의를 제기하기라도 할까 봐. 듣던 승려가 마침 물었다. "얼마나 만나셨어요?"

"7개월이요."

순간, 나도 모르게 '남의 불행'을 재단하려는 심보가 솟아났다. 아니, 스무 살도 아니시고, 세상 풍파 다 헤쳐 자식 둘을 다 키워놓으시고, 고작 7개월 만난 남자 때문에 죽으려 했다고? 물론 이내 반성했다. 저분은 내가 아니다. 나는 저분이 아니다. 저분을 지나간 7개월의 사랑이 어떠했는지, 나는 죽었다 깨나도 알지 못한다. 꼭 사계절을 겪어야 사랑인 것은 아니다…. 건방진 나를 꾸짖었다. 그런데 그때, 승려가 말했다.

"떠나는 것은 그 사람 마음이에요."

여인은 잠시 할 말을 잊은 듯했다. 반성하던 나도 마찬가지였다. '그 사람 마음이에요, 그 사람 마음이에요, 그 사람 마음이에요….' 그 한 문장이 윙윙 머릿속을 울렸다. 두 번이나 죽으려 했던 여인에게 가차 없이 '그 사람 마음'이라니. 그런데 기시감이 들었다. 20세기 초 오스트리아에도 이렇게 '잔인한' 사람이 있었다. 초특급 베스트셀러《미움받을 용기》로 잘 알려진 심리학자 알프레드 아들러다. 세간에 이미 많이 언급된 의문과 논란을 차치하고, 나는 그가 말한 어떤 부분이 저간의 청춘에게 시사하는 바가 크다고 생각해왔다.

"아프니까 청춘"이라는 잠언에 울컥한 젊음들이 그 반작용인지, 자기 마음 다쳤다고 너무 쉽게 남의 마음을 똑같이 헤집으려 손톱을 세울 때가 있다. 넘어가면 안 된다고, 참으면 병 된다고 어떤 이들은 외친다. 눈에는 눈이고 이에는 이라고 한 치의 의심도 없이 말한다. 자신의 아픈 마음을 위로하는 방법이 또 다른 마음을 '더' 아프게 하는 것이어서, 어떻게 하면 더욱더 아프게 할까 궁구하는 분위기가 '공감'이라는 덕목에 편입되기도 한다. 공감하려는 선의가 그들을 위로한다. 내가 함께 욕해줄게, 내가 함께 복수해줄게, 감히 네게 상처를 입히다니, 그런 인간은 좀 당해야 돼.

유난히 상처가 많은 시대일지도 모른다. 손톱을 세우지 않으면 나를 보호할 수 없는 게 사실일지도 모른다. 그런데, 그러다 보니, 누가 더 깊은 상처를 입었는지 우열을 따지기 시작한다. 아들러가 "오늘날 연약함은 매우 강한 권력을 지닌다"고 지적했던 대목이다. 그 권력은 상처를 치유하기보다는 보존함으로써 공고해진다. 자신의 상처로부터 돋보기를 떼지 않고, 돋보기는 태양 빛을 모아 상처를 태운다. 상처가 덧날수록 '그 사람의 마음은 그 사람의 마음이다'라는 명제를 받아들이기 어렵다. 내 마음이 이렇게 피투성이인데 그 사람 마음이 어떻든 알 게 뭐란 말인가. 강연에서 고통을 호소한 여인은 스스로를 가해하는 방식으로 상처를 처리하려 했다. 어떤 이들은 반대로, 헤어진 연인을 찾아가 독극물을 뿌리거나 불을 지르거나 끝내 죽이고 만다. 둘의 뿌리는 크게 다르지 않을 듯싶다. 내가 너일 수 없듯, 네가 나일 수 없다는 사실이 도무지 믿기지 않는 것이다.

아들러는 내가 상대방을 얼마나 믿고 사랑하든 그 상대가 어떻게 행동하느냐는 그 사람의 과제일 뿐이라고 말했다. 불교에서 흔히 이야기하는, 집착을 버리라는 말과 다르지 않다. 어디까지가 내 과제이고 어디서부터 내 과제가 아닌지 분별해서 이윽고 그의 마음은 나의 마음이 아니라는 걸 인정하는 마음. 그 마음 하나가 맘대로 안 돼서 인간은 연약함을 선택한다. 나의 상처는 세상 누구도 이해할 수 없는, 그 무엇보다 곡진한 나의 정수精髓다. 그래서 어쩌면 좋을까. 아들러나 승려나 피도 눈물도 없다고, 공감 능력이라고는 요만큼도 없는 냉혈한이라고 욕하면 될까. 여인은 그래서 눈앞의 스님을 원망했을까.

기원전 인도를 살았던 이와 그로부터 2천 년 후 오스트리아를 살았던 이가 같은 소리를 하고 있는데, 그 기나긴 세월 동안 과연 몇 개의 마음이 '그 사람 마음'을 받아들였을까. 더디고 지난하다. 그래서 두렵다. 나 또한 수많은 사람처럼 내 상처를 못 놓고 끝내 떠나겠지. 내게 왔던 모든 것은 지나가고 당신의 마음도 그중 하나라는 것을 알면서. 내가 품고 안 놓으면 나든 당신이든 반드시 누군가를 다치게 하리라는 것도 알면서.

▲ ● ◆

망한 사랑을 이고 사는 사람들은 아마 한 번쯤 사랑하던 사람이 떠나도, 심지어 죽어도, 희한하게 '사랑'은 홀로 남아서 무슨 보따리처럼, 유난히 거칠었던 어느 날 밤, 발치에 놓여 있는 걸 본다. 너와 내가 변해도, 없어도, 그때 그게 사랑이 맞았다면, 망했지만 멸종하지는 않아서 오도카니 제 얼굴을 씻고 있는, 그게 우리가 함께 망친 사랑일 것이다.

아이 없는 ——————————— 삶

가족 또는 가까운 지인에 관한 한 이미지 메이킹을 잘해온 덕인지, 이만하면 참 속 편하게 산다 싶다. 그 이미지란 긍정적으로는 '알아서 잘할 사람', 부정적으로는 '어차피 남의 말은 안 들을 사람'. 이게 일단 빼도 박도 못하게 메이킹이 되고 나면, 살면서 이래저래 들을 잔소리를 평균의 2할 이하로 낮출 수가 있다.

나름대로 서둘러 결혼해놓고도 아이가 없는 상태로 8년을 돌파하는 중이라고 이야기하면 모르는 사람들은 에구, 그 지청구를 다 어떻게 들었냐고 걱정을 먼저 해주지만, 그 문제에 대해 지금까지 나를 크게 설득하려 한 사람은 없었다. 말하고 보니, 설득하지 않은 게 아니라 또 내가 '안 들었던 것' 아닐까 돌아보게 되는데, 꼭 다 그렇지만은 않을 것이다.

나를 낳은 부모와 남편을 낳은 부모도 첨언하지 않는 아이 문제에, 거의 유일하게 기억될 만한 오지랖을 전개해주신 분은 예전 직장의 한 동료였다. 결혼하고 반년쯤 지났을 때 내가 '아이 없이 사는 것도 괜찮을 것 같고, 지금 아무런 계획이 없다'는 요지의 이야기를 하자, 본인이 아는 어떤 여자도 '나처럼' 말해서 그런 줄 알았는데 알고 보니 집에 부부가 한약을 쌓아두고 먹더라고 대꾸했다. 그는 그때 이미 두 아이의 엄마였는데, 그 말을 듣고 나는 비로소 (그동안 한 번도 생각할 일이 없던) 저분의 육아 라이프가 꽤 불행하구나 짐작하는 방식으로 '안 들은 귀'를 샀다.

나는 아주, 몹시, 매우, 너무, 정말, 아이를, 어린아이를, 갓난아이를 좋아한다. 아이(특히 아기)는 외모가, 냄새가, 소리가, 그리고 특유의 어떤 속성이 어처구니없도록 아름답기 때문에 이를테면 무슨 꽃이나 별자리처럼, 6월의 소나기처럼 내게 순수한 기쁨을 준다. 이런 마음에는 그들이 설령 내게 기쁨을 주지 않는다 해도(내가 아이라는 존재에 무감한 타입이라고 해도) 그들이 존재 자체로서 그 무엇보다 귀하다는 의식이 박혀 있다. 내겐 분명히 '조금밖에 살지 않은 사람'을 찬미하려는 경향이 있다. 삶의 영문을 알 기회가 아직 주어지지 않은 존재에 대한 너그러움, 아직 덜 해로운 존재에 대한 감탄, 부탁한 적도 없는데 세상에 내던져진 존재에 대한 연민이 뒤섞인 감정이다.

즉, 내가 어린아이에게 사로잡히는 가장 강력한 이유 는 '잘못이 없다'는 사실에 있다. 태어남을 바라서 나온 아 이는 없고, 아이로 지내는 얼마의 기간 동안 잘못을 저지 를 기회, 자신과 남을 가해할 기회 또한 별로 주어지지 않 으니까. 새처럼, 조약돌처럼. 새와 조약돌도 사랑받기 위해 애쓴 적 없고 오직 그 아름다움과 '잘못 없음'으로 사랑받 는다.

넓히면, 의뢰하지도 않았는데 태어나버린 모든 인간 을 기본적으로 나는 연민하긴 하지만, '아, 여기 뭐임, 혹시 지구? 망했네 젠장'을 인지한 이상 어쨌거나 가해하지 않 기 위해 (주어진 물리적 시간에 비례하여) 죽어라고 노력해야 한다고, 단지 불쌍하다는 이유로 노력하지 않는 이에게까 지 사랑을 나누어줄 수는 없다고 생각하는 편이다. 가만 히 있으면 저절로 추해질 수밖에 없는 운명 속에서, 그것 을 되돌릴 깜냥이 없다면 안간힘으로 타락을 저지해야지, 별수가 있나.

나이를 먹는 족족 고스란히 추해지는 이들이 사실은

그냥 관성대로 먹고 잔 죄밖에 없을지라도, 태어났으니 살았고 살다 보니 그럴 수밖에 없었을지라도, 그들에게 상대적으로 가혹해질 수밖에 없는 이유도 거기에 있을 것이다. 어른에게는 '시간'이 있었다. 그 시간이 공평하지 않다는 걸 모르지 않지만, 아무리 그렇다고 해도 막무가내로 추해지려는 관성을 저지할 기회가 단 한 번도 없었다고 변명한다면 그 태도 자체가 이미 추하지 않을까.

기회를 많이 날려버린 인간보다 기회를 아직 얻지 못한 인간을 편애하는 것은 그래서 내게는 너무 자연스럽다. 그리고 이런 생각이, 또 하나의 인간을 세상에 보태고 싶다는 욕망을 저지한다. 사는 데 필요한 건 안간힘이라고 가르쳐야 하는 슬픔을 내가 감당하지 못할 것 같다. 누군가는 또 그러겠지. 안간힘 쓸 필요 없도록 네가 잘 키우면 되잖아.

안간힘은 (사전적으로) "고통이나 울화 따위를 참으려고 숨 쉬는 것도 참으면서 애쓰는 힘"이다. 그런데 어떤 고통은 숨을 15초쯤 참으면 건너갈 수 있는데, 어떤 고통은 1분쯤 참아도 지나가지 않는다. 그리고 사람은 대개 숨을 몇 분 이상 참다가는 죽는다. 새로 태어나는 아이들 모두에게 10초 정도만 참으면 되는 환경을 내어줄 수 있다면 좋겠는데, 적어도 나는 그럴 자신이 없다. 세상 탓을 하기 전에, 우선 내 여력이 그럴 만하다고 여겨지지 않는다. 나의 안간힘은 가성비가 썩 훌륭하지 않았다.

다만 그동안 쭉 나와 비슷한 방향에서 세상 모든 (남의) 아이들을 숨김없이 사랑하면서도 자신의 아이만은 고려하지 않았던 이가 최근에 출산을 결심하고서 했던 말이 마음을 조금 간지럽힌다. 우리가 비록 원해서 태어난 것은 아니지만, 영원히 살 것도 아니지 않냐. 나의 자식 또한 낳아달라고 하지도 않았는데 낳았다고 나를 이따금 원망할지언정 그 생 또한 영원하지 않을 것이고. 내가 최초의 생산자라고 해서, 그 생이 오직 나로 인해 완결되는 것도 아니지 않냐고. 다들 잠시 왔다 가는데, 우리 그냥 같이, 가능하면 많은 순간을 기쁘게 느끼도록 서로 도울 거라고.

이토록 '느슨한' 말이야말로 생명을 내어놓는다는 책임을 두고 어지간히 치열하게 고민하지 않고서는 나올 수 없을 듯하다. 부모 노릇을 금과옥조로 여기는 사람보다 나는 왠지 그이가 더 금 같고 옥 같은 아이를 길러내지 않을까 싶다. 내게 최초로 유의미했던, 남의 말. 간지럽혀진 나의 마음이 어디를 향할지는 나도 모르는 일이지만.

우리가 잊은 ——————————— 얼굴

출근길의 대중교통에서 가장 하기 쉬운 일은 스마트폰도 아니요 게임도 아니며 쪽잠도 아니다. 사르트르의 외마디를 실감하는 일이다. "지옥, 그것은 타인이다!" 내 뒤에 바짝 붙은 누군가가 숙취와 구취가 섞인 트림을 한다. 재빨리 점퍼에 달린 후드를 머리에 뒤집어썼다. 옷보다 머리카락이 중요해서가 아니라 '장막'이 필요해서다. 타인의 트림과 나 사이에.

비싼 값을 지불할수록 인간은 타인과의 거리를 확보할 수 있다. 택시가 그렇고 비즈니스 클래스가 그렇다. 인구의 밀도가 희박해지면 타인에게 너그러워지는 건 어렵지 않다. 나는 절로 너그러워질 만한 형편은 못 되는 쪽이지만, 그 자체는 괜찮다. 익숙해지면 그만이다. 다만 '같은 처지'끼리 미워하게 된다는 게 슬프다. 밟지 마, 밀지 마, 소리 내지 마.

타인의 지옥에는 얼굴이 없다. 무지막지하게 가까이 있지만 피상만 있기 때문이다. 타인은 만원버스의 승객이고 발등을 밟는 행인이며 뒤통수에 트림하는 밉상이다. 당연히 나도 마찬가지다. 승객이자 행인이자 밉상일 뿐인 우리에겐 얼굴이 없다. 고단하고 울적하고 종종 웃기도 하는 '인간'의 얼굴은 서로 지운다.

엄마는 한동안 층간소음에 시달렸다. 윗집에 두 살배기가 있는데 온종일 콩콩거린다고 하소연했다. 가서 직접 들어보니 두통이 생길 만도 했다. 게다가 밤 열 시가 넘어가자 '콩콩'이 두 배속이 된다. 엄마 말로는 아이가 종일 할머니랑 있다가 저녁에 부모가 퇴근하고 오면 좋아서 더 저런단다. 사정이 그렇다 해도 심하긴 했다.

그러고 나서 한참 뒤 엄마는 드디어 윗집 벨을 눌렀다. 결국 충돌을 피할 수 없나 했는데, 그게 아니라 아이의 얼굴을 좀 보러 간 것이었다. '콩콩'만으로는 머리가 지끈거리지만 그게 콩알만 한 아이의 소리라는 걸 알면, 그러니까 콩콩대는 콩알의 얼굴을 알고 나면 좀 두통이 덜

할 것 같아서. 할머니 품에 안겨 나온 아이는 물론 아이였다. 작고 보송하고 무구하며 뛰어다니는. 아이의 할머니는 연신 죄송하다고 했단다. 그러나 조부모들은 대개 손주를 어쩌지 못하고 아이는 그 후에도 변함없이 뛰어다녔지만, '콩알의 얼굴'을 보고 내려온 뒤 엄마는 두통이 조금 나아졌다(고 했다).

가끔 승용차에 실려 어디론가 가다 보면 대중교통만 지옥이 아니란 걸 알게 된다. 세상에 참 이상한 차들도 많다고 짜증을 내다, 아니지, 이상한 '차'가 아니라 저 안에다 사람이 있지, 고쳐 생각하면 좀 머쓱하다. 노려보는 건 거대한 자동차의 궁둥이지만 저 안에는 어떤 얼굴이 있고, 그 얼굴 또한 고단하고 울적하고 가끔은 웃기도 하는데, 여기서 잠깐 깜빡이를 깜빡했을 뿐이겠지.

사람이 온다는 건
실은 어마어마한 일이다.
그는
그의 과거와
현재와
그리고
그의 미래와 함께 오기 때문이다.

한 사람의 일생이 오기 때문이다.

— 정현종, 〈방문객〉

지옥 속에서 사람을 저런 마음보로 대하기란 여간 어렵지 않으므로 저 말은 말을 넘어 시가 되었을 테다. 그렇지만 가끔 뒤통수에 트림이 날아올 때 생각한다. 트림의 주인에게도 얼굴이 있다. 얼굴들은 일생을 가졌다. 어쩔 수 없이, 나처럼.

오지랖의 ——————————— 범위

10여 년 전에 지하철 플랫폼에서 아들의 소변을 받고 있는 중년 여성을 보았다. 여자가 허리를 굽힌 채 두 손으로 꽉 잡은 1.5리터 페트병 속으로 아들의 굵은 소변 줄기가 흘러드는 중이었다. 체격으로 봤을 때 거의 다 자란(학교에 다닌다면 고등학생쯤 되었을까) 아들은 알아들을 수 없는 단어를 일정한 톤으로 늘어놓고 있었다. 바지를 내린 남자의 뒷모습을 먼저 보고 일단 다리가 휘청였기 때문에 '정황'을 알고 지나친 뒤에도 놀란 가슴이 한참 뛰었다.

시선 뒤에 남아 마음을 할퀸 것은 공중公衆에 드러내어진 성인 남자의 성기가 아니라 여자의 주변에 뒹굴던 짐이었다. 소지품이 쏟아져 나온 가방, 구겨진 쇼핑백, 무언가를 동여맨 보자기 꾸러미. '한순간에 놓쳐졌다'는 티를 역력히 내며 널브러져 있던, 하필 많은 짐들. 짐작한 일이면서도 다급하지 않으면 안 되는, '보호자'로 아주 긴 시간을 살아온 이의 손놀림이 남긴.

사람이 많지 않은 역사였다. 그들이 불편하지 않도록, 아니면 그들이 불편해서, 몇몇 사람들은 자리를 피해 걸었고 나도 그들로부터 멀찌감치 떨어졌다. 쳐다보거나 당황한 표정을 지어 그들에게 무례가 되는 일이 없도록 고작 긴장하면서. 그런데 짐들, 여자가 아들을 돌보는 동안 흩어진 그 짐들을 일으키고 챙겨줬다면 그것은 무례였을까. 그날을 떠올릴 때마다 다시 생각해봐도 아직도 모르겠다.

여자는 페트병을 비우러 화장실부터 가야 했을 텐데. 급히 놓아버린 짐들을 거두어들이고, 아들과 함께 계단을 올라. 그러고는 그 플랫폼으로 다시 돌아와야 하는, 그러니까 다시 지하철을 타야 하는 상황이었을지도 모르는데. 그렇다면 화장실에 다녀올 때까지 짐을 잠깐 봐줄 사람이 있었다면 낫지 않았을까. 이게 무지인지 소심인지 헷갈려 하며 나는 고민했고 고민한다.

누구의 접근도 싫고 귀찮은 상황이었다면, 이미 스

스로 공중에 폐가 되고 있다고 판단해버린 상황이어서 그냥 이 순간이 빨리 지나가기만 바라는 마음이었다면, 그날처럼 아무도 그들이 거기 있지 않은 듯 지나쳐주는 것이 여자가 유일하게 원하는 것이었을 수 있다. 아들의 상태가 낯선 이의 접근으로 자극을 받아 주변을 곤란하게 하는 종류였다면 더욱. 그래서 모르겠다. 뭐가 도움인가. 뭐가 오지랖인가. 내가 10년간 모르고 있는 그 경계를, 어떤 이들은 쉽게 오가기도 하던데. 곤란한 상황에 처한 타인이 바라는 것은 무엇인가. 아니, 무엇이 타인이 '바라지 않는' 것인가.

타인이 바라지 않는 것을 헤아리는 능력, 그것이 '사회성'이라고 생각하는 나는 여전히 사회성이 꽤 부족한지도 모르겠다. 쾌활한 인사, 말주변, 사소한 데 괘념치 않는 원만함, 이른바 동지애라고 퉁치는 염려와 걱정, 그런 것들을 나는 잘 못한다. 그런데 그런 것들은 어쩌면, 그냥 '그런 척'이라도 하면 되니까 차라리 쉬운 것 아닌가. 타인이 바라지 않는 것을 하지 않는, 그러니까 어디서부터가 오지랖인지 고민하는 것이 훨씬 지난하다. 나만 그런가.

▲ ● ◆

'좋은 사람' 되려는 마음에 브레이크가 없으면 그게 곧 '나쁜 사람'. 곧 죽어도 나는 나쁜 사람은 못 하겠다는 마음이 애먼 사람을 쓰레기로 만든다. 그것보다 나쁜 게 어디 있을까.

섹시하게 ——————— 산다는 것

유난히 아름답다고 느꼈던 사람 중에는 키가 큰 이도 있었고 작은 이도 있었다. 피부가 흰 이도 어두운 이도, 살집이 많은 이도 적은 이도 있었다. 잘 웃는 이와 웃지 않는 이, 민첩한 이와 느긋한 이도 아울러 있었다. 그러니까 거의 다 있었다. 예외는 단 하나, 섹시하지 않은 사람. 섹시하지 않은 사람을 나는 아름답다고 느껴본 적이 없다.

섹시함은 어떤 사람을 '그 사람'으로 만들어주는 것. 국적, 성별, 직업, 연령, 시류에 포섭되지 않으면 않을수록 두드러지는 것. 너무 미국인 같은 미국인, 너무 남자 같은 남자, 너무 회사원 같은 회사원, 너무 할아버지 같은 할아버지, 너무 섹시 스타 같은 섹시 스타는 그러므로 섹시하지 않고, 고로 아름답지 않다.

퀸의 보컬 프레디 머큐리를 다룬 영화 〈보헤미안 랩소디〉를 보면서 새삼 느꼈다. 섹시함이란 안전하지 않은, 단일하지 않은, 명확하지 않은 것에서 비롯되는 에너지다. 섹시함은 탄자니아에서 태어난 아이가 영국으로 건너가 '좋은 생각, 좋은 말, 좋은 행동'을 의심하는 것. 공항에서 수화물을 운반하며 '파키'(파키스탄 꼬마)라고 놀림받던 청년이 록밴드의 보컬이 되는 것. 무대에서 부수지 못할 게 없는 프론트맨이 오페라와 발레를 좋아하는 것. 뻐드렁니에서 새어 나오는 미성 같은 것. 그리고 무엇보다 사랑의 방법을 많이 알고 있지만 그걸 설득할 사람이 언제나 부족한 것.

영화를 보는 내내, 내가 사랑했고 사랑하고 사랑할 사람들에 대해 생각했다. 아무리 인간이 다 거기서 거기라지만, 고만고만한 권태 속에서 어쩌다 미끄러져 하릴없이 섹시함을 들키고 마는 사람들에 대해. 섹시함은 혼란에서 배태되고 위험에서 자라며 경계에 머문다. 섹시함은 그래서 그 자체로 삶이다. 혼란하고 위험하며 외줄 같은 삶.

그러니 섹시하게 산다는 것은 '삶을 산다'처럼 동어 반복이다. 얼마나 아이러니한가. 혼란을 피하고 위험을 제

거하며 외줄에서 내려오기 위해 발아하는 순간들이. 미국인 같은 미국인, 남자 같은 남자, 회사원 같은 회사원, 할아버지 같은 할아버지, 섹시 스타 같은 섹시 스타가 되기 위해 차례차례 줄 서는 풍경들이. 두 시간이나 처들여 비싼 영화 봐놓고, '무분별한' 사랑이 프레디를 망쳤다는 소리나 늘어놓는 입들이. 하지만 사랑이 어떻게 '분별'될 수 있단 말인가.

살아가는 건 죽어가는 일이기도 하니, 섹시함이 섹시하지 않음을 향하는 것 또한 자연스러운 일일지도 모른다. 이런저런 외피를 벗은 순전한 나로 살아가는 일은 무섭고 고단하니까. 안전하고, 단일하고, 명확한 쪽에 기대고 싶은 마음, 섹시함 따위 귀찮아지는 마음, 두려운 생에 보험이 되어줄 수 있는 무언가가 절실해지는 마음에 기울기는 너무나도 쉽다. 나는 지금 무엇에, 얼마나 기울었나. 무슨 보험을 더 들려고 기웃거리나. 그런데 문제는 섹시한 삶에서 멀어지지 않는 일이 불가능하듯이, 섹시한 (누군가의) 삶을 '알아채지 않는 일' 또한 불가능하다는 것이다. 잔인하다.

디즈니 공주들이 ─────── 필요합니다

　대학 때 한 특강에 초대받은 유명 아나운서가 자녀들에게 디즈니 애니메이션을 보여주지 않는다는 얘기를 했었다. 물론 그밖에 다른 좋은 말씀도 많이 하셨(겠)지만, 인간은 대개 제가 기억하고 싶은 부분만 기억하니까. 스물몇 살 먹고도 디즈니 공주님들에 대한 판타지를 버리지 못했다는 사실에 얼굴이 화끈 달아올랐다. 그래, 이제 공주님들을 놓아주자, 장차 나의 아이에게도 절대 보여주지 말자 다짐했다. 여성이 어린 시절에 '백마 탄 왕자' 서사에 노출되다니, 이 얼마나 끔찍한가!

　그때는 세상의 선악을 분별하고 싶다는 의지, 또는

분별해야 한다는 모종의 사명, 그리하여 분별할 수 있다는 굳건한 믿음이 있었다. 공주님들의 '옳지 못함'을 인정하고 나니 디즈니 공주 캐릭터가 그려진 옷을 입은 여아를 볼 때면 부모 얼굴을 한번 쳐다보게 되었다. 디즈니의 해악을 모르는 중생이여, 어찌 하려 금쪽같은 자식에게 그토록 제국주의, 백인우월주의, 반여성주의적인 티셔츠를 입히었느냐. 도대체 어찌, 어찌하려고.

그 후 디즈니를 보여주고 말고 할 자식이 없이 20년 가까운 시간이 흘렀다. 그리고 나는 여전히, 그러나 매우 뚜렷한 목적을 갖고 디즈니 공주 시리즈를 본다. '공주'들의 인원수는 심지어 늘어났다. 미국 드라마이자 영화인 〈섹스 앤 더 시티〉의 주인공들까지.

〈섹스 앤 더 시티〉는 내게 욕망을 수혈한다. 맹렬한 속물성은 가끔, '이유'를 찾지 못하는 생을 지속하게 하는 힘이 된다. 예뻐지고 싶다, 사고 싶다, 하고 싶다, 가고 싶다, 이기고 싶다, 그리고 '옳지 않고' 싶다는 속물성. 마놀로 블라닉보다 훨씬 적은 돈 때문에 죽어가는 빈민을, 커피농장의 아동 학대를, 인디언의 피로 세워진 나라의 과거를 잠시 모른 척하고 싶다, 그리고 "영 앤드 리치, 빅 앤드 핸섬young and rich, big and handsome"을 찾아 떠도는 '된장녀'들에게 나를 이입하고 싶다는 속물성. 그렇다. 이것은 길티 플레저guilty pleasure가 맞지만 그렇다고 꼭 길티 플레저만은 아니다.

예컨대 샤워할 엄두조차 나지 않을 만큼 무력할 때 〈섹스 앤 더 시티〉의 주인공 '캐리'는 나의 등을 떠민다. 어서 욕실로 들어가 따뜻한 물과 달콤한 향기로 몸을 씻고, 레이스가 촘촘히 달린 브래지어를 조물조물 빨아 널고, 희고 두껍고 햇빛 냄새 나는 목욕 가운을 두르고 나와, 세상에서 제일 섹시한 애인이 침대에서 나를 기다리는 걸 뻔히 알지만 마치 아무런 계획이 없다는 듯, 느리고 느리게 보디로션을 짠 다음 목을 길게 빼고 종아리 뒤쪽까지 꼼꼼히 바르라고, 뛸 필요가 없는 오후의 사슴처럼. 그러고 나서 기분이 좋아지면, 다시 네 삶을 살라고, 다시 동물을 가여워하고, 다시 일회용 컵을 줄이고, 다시 역사와 철학을 읽고, 다시 탐욕을 경멸하며, 다시 인간과 갈등하라고.

캐리의 효용은 곧 디즈니 공주들의 쓸모이기도 하다. 온종일 노래만 부르고 다니면 되는 바닷속 왕궁이 있어서, 날아다니는 마법의 양탄자가 있어서, 아름다운 성에서 무도회가 열리고 구두가 하필 내 발에 꼭 맞아서, 왕자로 변하는 야수가 있고 그가 나를 목숨 바칠 만큼 사랑해서, 왠지 "영원히 행복하게 살았습니다happily ever after" 할 수 있을 것 같은 '기분'이 드니, 당장 저만큼까지는 살아갈 에너지가 차오르는 것이다.

환상, 세상 쓸데없는 환상, 특히 옳지 않은 환상, 그래서 아찔하게 섹시한 환상으로부터 수혈된 욕망은 보잘것없는 현실을 이어가게 한다. 조금은 좋아진 기분으로 바닥에 흩어진 머리카락을 줍고, 조금은 좋아진 기분으로 지갑에서 삐져나온 영수증들을 정리하고, 조금은 좋아진 기분으로 계단을 오르내리고, 조금은 좋아진 기분으로 읍소하는 이메일을 보낼 수 있다. 조금은 기분이 좋아졌으니 마감을 맞추고, 조금은 기분이 좋아졌으니 (내팽개쳤던) 약을 챙겨 먹고, 조금은 기분이 좋아졌으니 운동화를 꺾어 신지 않고, 조금은 기분이 좋아졌으니 반듯하게 누워서 울지 않고 잘 수도 있다.

조카가 서사를 이해할 수 있는 나이가 되면 온갖 공주를 차례로 보여주고 아이가 유독 사랑하는 공주가 생겼을 때 드레스와 소품을 사주고 싶다. 이모, 나 공주 같아? 물을 테니 대답도 준비해둬야 한다. 응, 진짜 공주 같아. 공주가 되니까 좋아? 좋으면, 좋은 기분을 오래 기억해. 그리고 기분이 좋지 않을 때 다시 공주가 되어봐. 좋았던 기분이 기억날 거야. 그러면 한동안 좋은 기분이라서, 싫어하는 걸 해야 할 때도 조금은 덜 싫어하는 마음으로 할 수 있을 거야.

우는 ─────────────── 사람

우는 사람을 보는 것을 싫어한다. 너무 피곤하거나, 너무 슬프기 때문이다. 피로와 슬픔은 내가 유독 감당하기 어려워하는 감정이다. 전자는 나를 악독하게, 후자는 나를 비겁하게 만든다.

이를테면 회사 화장실에서 울고 있는 직원과 그를 달래주는 동료들의 클리셰를 나는 잘 견디지 못한다. 타인에게 발각됨으로써 완결되는 종류의 눈물이 있다. 그런 데에는 그가 바라는 서사를 더해줄 마음이 생기지 않는다. '뭘 또 그렇게까지' 냉혹할 이유는 무엇인가, 그 또한 자기 투사가 아닌가, 생각해보기도 했다.

맞다. 남이 우는 건 못 보는 주제에, 옛날에 옛날에 나는 툭하면 울었다. 하지만 아무리 목 놓아 울어도, 울음 끝에 막대사탕이나 비트코인이 쥐어지지는 않았다. 나도 누가 나를 달래주었으면 좋겠는데, 타인의 어깨를 흥건하게 적시고 콧물까지 찐득하게 묻히고 나서 그가 어린애 얼굴을 씻기는 엄마처럼 "코, 흥!" 하면 "크응!!" 소리로 풀어버리는 콧물과 더불어 원망도 날아가던 시절은 더 이상 없다는 것을 알게 되었을 때, 나는 울음을 (가능한 한) 그만 두었다.

설령 우는 이의 의식에 없었다 해도, 목적을 둔 울음은 가만 삼키는 울음들을 기만한다. 가만 삼키는 울음은 제 끝이 공허뿐이라는 걸 안다. 그 공허까지 껴안고 가야 울음 한 모금이 겨우 소화된다는 걸 안다. 공허를 감당하기 싫다는 이유로, 발각되기를 엿보는 울음들은 게으르다. 하나의 게으름은 애먼 사람을 피곤하게 만든다. 너의 공허는 제발 네가 알아서 하렴. 강가에서는 우리 눈도 마주치지 말자고, 시인도 그래서 그랬잖아. 발각된 울음들을 향해 나는 악독을 피운다. 피로를 피해야 내가 사니까.

가만 삼키는 울음은 발각되기보다는 발견된다. 발견된다는 것은 발견되지 못하는 순간이 훨씬 많다는 뜻이다. 아무도 울지 않는 밤은 없다고, 그래서 또 한 시인은 자신의 발견을 글자로 적었을 것이다. 나도 종종 그런 울음을 발견한다. 정말이지 욕이 나올 만큼 당황스럽게. 그럴 때 나는 너무 슬퍼서 어찌할 바를 모른다. 아무런 사랑도 위로도 이해도 용서도 바라지 않고 그저 또 한 보따리의 공허를 주섬주섬 챙기던 그와 눈이 마주쳤을 때 나는 너무 슬퍼서 그만 도망가 버리고 싶다.

악독하거나 비겁하거나. 왜 나는 중간에 있지 못하나. 저 좀 알아달라고 우는 이에게, 그래 너도 어른 되기 힘들지, 죽어 불타거나 땅에 묻히기 전까지 사람은 다 애새끼지 뭐, 하는 여유가 왜 없는가. 입으로는 사람 다 거기서 거기라면서, 왜 기대를 버리지 못하나. 기대를 버리지 못할 거면 껴안기라도 해야지, 은밀한 슬픔과 맞닥뜨렸을 때는 왜 빠져나갈 궁리부터 하나. 한평생 슬픔과 뒹굴다가 죽어 불타거나 땅에 묻히는 게 사람이라고 입으로는 잘도 지껄이면서. 태어나서 지금껏 한 일이라곤 나라는 인간과 헤어지지 않은 것밖에 없는데, 아직도 내가 나를 모르고.

또다시 초면인 것처럼. 처음 맞는 겨울처럼. 천 번을 살아도 낯선 육신처럼.

할머니의 ——————————— 발톱

할머니는 발톱을 가위로 잘랐다. 옷감 자를 때 쓰는 크고 서걱서걱한 가위. 손잡이가 검은색이었다. 어렸던 나의 눈에는 더 크게 보였던 그 가위로 할머니는 발톱을 삐뚤빼뚤 잘라냈다. 손톱깎이는 써본 적이 없어서 못 쓴다고 했다. 할머니는 점점 눈이 어두워졌고, 귀는 한참 전부터 들리지 않는 상태였다. 발톱은 오래된 나무의 뿌리처럼 두껍고 누렇게 발가락에 밀착되어 자랐다. 멀쩡한 눈으로 손톱깎이를 사용해서 깎아도 매끄럽게 다듬어지기 어려운 형태였다.

나로서는 할머니의 맨발을 볼 일이 점점 없어졌다.

"아침 드세요"와 "저녁 드세요" 말고는 할머니에게 말을 걸 일이 없는 나이가 되었고, 노인의 냄새가 역력한 방에서 할머니가 무릎을 구부리고 발톱을 오래도록 자를 때 나는 자주 모른 척했다. 나의 방에서 따깍따깍 소리를 내며 손톱을 다 깎고 손톱깎이를 서랍에 넣다가, 이걸 들고 지금 할머니 방에 들어가 손톱과 발톱 도합 스무 개를 한꺼번에 다 잘라드린대도 10분도 안 걸릴 텐데, 하는 생각을 한 번도 안 한 것은 아니다. 하지만 거동을 못 하시는 것도 아니고, 황소고집을 꺾으려면 한참을 실랑이해야 하는 데다, 나는 언제나 해야 할 공부가 있었다. 할머니의 발을 만지기 싫은 마음을 은폐할 방법은 많았다.

그날 어쩌다 할머니의 맨발을 보았는지 기억이 나지 않는다. 균일하지 않은 길이의 발톱들과 가위질을 잘못해서 난 상처들. 나를 본 할머니가 발가락들을 만지며 좀 웃었던 기억이 난다. 나는 전혀 웃지 않았으나 뭐에 홀린 듯이 손톱깎이를 가져와 무턱대고 할머니 앞에 앉았다. 왼손으로 한쪽 발을 붙잡고, 오른손에 든 손톱깎이 속에 발톱이 물리도록 했다. 거칠고 두꺼워서 잘 깎이지 않았다. '깎는다'기보다는 조금씩 뜯어낸다는 느낌으로 발톱의 길이를 줄여나갔다. 하지만 신경이 더 쓰인 건 나의 오른손이 아니라 왼손이었다. 발이 고정되도록 잡아야 했던 왼손.

할머니의 발을 내 손에 완전히 포개지 못했다. 다치지 않게 손톱깎이를 움직이는 데에 필요한 최소한의 터치만 했다. 뜨겁지도 따갑지도 않았지만, 뜨겁거나 따가운 물체를 만지는 것처럼. 그렇게 열 개의 발톱을 다 깎고 황급히 일어나는데 할머니가 "고맙다"고 말했다. 나는 화장실로 가서 비누 거품을 잔뜩 내어 손을 씻었다. 한번 시작했으니 이제 앞으로 계속 깎아드려야 하는 걸까 걱정한 기억은 없다. 할머니는 그런 걸 요구하는 사람이 아니었다. 그것보다 중요한 갈등이 할머니와 나 사이에는 너무 깊었다.

그러나 내가 사람을 증오하는 법을 끝내 모른다면, 그것은 아마 발톱 때문일 것이다. 사람이 늙어 쪼그라들 때까지 살아버렸는데 간병인을 둘 정도는 아직 아니라면, 반드시 방 안에서 무릎을 구부리고 발톱을 깎을 테니까. 잘 구부러지지 않는 몸과 잘 보이지 않는 발가락 사이에서, 제 살에 상처 내 피가 맺혀도 별로 아픈 줄도 모를 테니까.

▲ ● ◆

누군가 미움의 동의를 구할 때 잘 응해주지 못한다. 살아가는 일이 다 힘든데, 돌고 돌아, '다 사정이 있겠지' 하는 것이다. 세상 물정 모르고 (곱게) 사느라 네가 진짜 '당해본' 적이 없어서 그래, 해도 할 말은 없다. 맞다. 그게 문제인 것도 안다. 그렇지만 어쩌겠나. 기세 좋게 타오르다 돌연 바래지는 어느 저녁, 풀죽은 하늘 아래서는, 사람이면 다 슬프고 사람 아닌 것만 부러운데. 전생에 누굴 죽도록 미워하다가 화병으로 죽었었나 보다, 하고 만다.

엄마, 나 ——————————— 낳지 마

　결혼 전의 엄마에게 무언가 말해줄 수 있다면 가장
하고 싶은 말이 무어냐고, 딸들에게 설문을 했단다. 3위는
"엄마, 엄마 인생을 살아"였고 2위는 "엄마, 아빠랑 결혼하
지 마"였다는데, 1위에 목구멍이 아렸다.

　"엄마, 나 낳지 마."

　인터넷에 떠도는 이야기이니, 공식적인 루트의 설문
은 아니었을지도 모른다. 그러나 한 번쯤 상상해보지 않
은 '여자'가 있을까. 엄마가 나를 낳지 않았더라면 (내가 이
고단한 인간계를 살아내지 않아도 된다는 안도 이전에) 엄마의
삶이 조금은 더 편하지 않았을까 하는 상상. 여자로서 살

아가는 일의 생물학적 불편이 폭발하고 사회적 불안이 요동하던 어느 날, 이 '업보'에 출산과 양육의 짐이라도 덜었다면 나의 엄마가 살기에 조금 낫지 않았을까 하는, 딸이기에 가능한 상상. 딸이나 아들이나 제 어미의 고통을 양분으로 크는 건 똑같지만, 엄마에 대한 딸의 연민과 아들의 연민은 많이 다르다고 나는 생각한다. 어미와 같은 성별의 자식이 아니어보아서 모르는 것이다, 아들놈이란. 아들이 아니어보아서 네년도 모른다고 한다면, 그래, 썩 말싸움을 하고 싶지는 않지만.

아들들의 연민은 좀 더 순수한 '미안함'에 가까울 것이라고 짐작해본다. 당신의 희생이 나를 인간으로 기능하게 한 데 대한 감사와 미안. 딸은 대체로 여기에 부둥켜안고 울고 싶은 마음을 더한다. 더 거칠게 나누어보자면, 엄마 앞에서 우는 아들은 궁극적으로 위로와 온기를 획득해갈 가능성이 크지만, 엄마 앞에서 우는 딸들에겐 일단 무슨 목적이 없다. 그냥, 함께 두려운 자들의 공명일 뿐이다. 우리에게는, 세상에 나보다 약한 개체보다 강한 개체가 더 많음에 대한 경계와 공포가 있다. 고단한 일이다. 우리의 초식성은 선잠을 자는 사슴처럼, 보호색을 지닌 풀벌레처럼 세계를 주시하게 하고 그 세계가 나를 침해하는지 여부에 예민하도록 작동된다.

그럼에도 불구하고 나는 여자로 태어난 것이 다행스럽다. 이렇게 말하면 덮어놓고 "팔자 좋았구나", "너 그거 자랑 아니야" 꾸짖는 사람들이 있다. 자랑할 생각 없다. 팔자는 비교적 좋았다고 생각하지만, 정확히는 내 팔자에 감사하는 '지점'이 있을 뿐이다. 여자로 태어나 다행이라는 마음에는, 미추를 식별하는 철저히 개인적인 감각이 있다. 세상의 모든 '지배 행위'가 그것이 어떤 선의와 목적을 가졌든 간에 나는 추하다고 느낀다. 태초 원인이 어쨌든 태어나 보니 나와 성별이 다른 사람들을 중심으로 세상이 돌아가고 있었다. 그들은 그들끼리 모여서도, 보다 더 중심에, 중심에서도 더 중심에 가까워지려는 욕망을 잘도 겨루었다. 이것은 물론 부당하다. 공평하지 않다. 다만 '그렇기에' 그들은 적어도 내 눈에는 아름다워지기 어려웠다. 기왕 태어난 생이라면 떵떵거리며 사는 게 중한 사람이 있듯, 예쁘게 사는 게 중요한 사람도 있는 것이다.

벌써 남자들은 그곳에
심상치 않은 것이 있음을 안다
치마 속에 확실히 무언가가 있기는 하다
가만 두면 사라지는 달을 감추고
뜨겁게 불어오는 회오리 같은 것

대리석 두 기둥으로 받쳐 든 신전에

어쩌면 신이 살고 있을지도 모른다

그 은밀한 곳에서 일어나는

흥망의 비밀이 궁금하여

남자들은 평생 신전 주위를 맴도는 관광객이다

굳이 아니라면 신의 후손인지도 모른다

그래서 그들은 자꾸 족보를 확인하고

후계자를 만들려고 애를 쓴다

— 문정희, 〈치마〉

예쁘게 살아가려는 이들의 예쁨은, 따라서 중심이 아니라 주변에 존재할 수밖에 없으므로 불가피하게 은밀히 공유된다. '족보를 확인하고 후계자를 만들려'는 무리에까지 닿지 않는 것이다. 예쁨의 세계에서는 그들이 '관광객'이다. "엄마, 나 낳지 마"에 깃든, 사무치게 예쁜 정서도 그러하다. 엄마, 사는 게 너무 힘들어, 엄마도 그랬겠네, 나는 그 두려움을 알게 되었어, 타고난 슬픔을 느끼게 되었어, 그런데 엄마, 슬프지 않은 게 예쁠 수 있을까? 두려워보지 않고 빛날 수 있을까? 태어나 보니 저절로 유리하게 되어 있는 사람들이 향기를 낼 수 있을까? 오줌을 갈겨 영역을 내는 데 익숙한 수컷들로서는 상상할 수 없는 세계를 우리는 알고 있잖아. 우리에게 풍요를 주는 것은 초원이지 영토가 아니며 지평선이지 국경이 아니잖아.

딸밖에 키워보지 않은 내 엄마를 예로 들면, 딸들과 어울려 놀던 이웃집 아들들이 목소리가 굵어지고 수염이 거뭇해지기 시작하자 "이제 쟤네들 엘리베이터에서 만나면 무섭더라. 그냥 나한테 인사하는 건데도 뭔가 무서워"라며 쑥스럽게 쿡쿡 웃던, 세상 겁 많은 '여자'였다. 세상은 이런 여자들에게 '그러면 안 된다'고 가르친다. 강해지라고, 뻔뻔해지라고, 싸워서 이기라고. 맞는 말이다. 여자들은 더 강해져야 하고 더 뻔뻔해져야 하며 더 많이 싸워서 더 많이 이겨야 한다. 그러나 엄마는 살면서 내가 만난, 몇 안 되는 '무해한' 사람 중 하나다. 그런 엄마를 보며, 서로서로 강해지기보다는 서로서로 약해지는 세상을 나도 모르게 그려왔던 걸까. 지배하려는 사람이 없어서 지배할 사람이 없고 그로써 지배당하는 사람마저 없는 세상.

그리하여 엄마와 딸은 지사적志士的 포즈 속에 웅크린 열등감과 폭력성이 얼마나 추한지를 서로에게 귀띔한다. 그리고 별 대단한 이유도 없이 서로를 죽이는 단 하나의 종種이란, 정말이지 예쁘지 않으니, 사멸하는 것도 나쁘지 않겠다는 마음을 공유한다. 내게 아름다움은 그런 것이다.

딸들의 ——————————————— 치마

치마 뒤를 가방으로 가린 여성이 계단을 올라간다. 눈은 앞에 있으나 의식은 뒤에 있다. '누군가 빤히 올려다 보는 느낌이다, 몰카는 아닐까, 넘어지면 안 된다, 왜 내가 내 옷 입고 이런 고민을 해야 하나, 빨리 여길 벗어나고 싶다….' 고작 몇십 걸음 안 되지만 이러한 긴장은 반복돼 버릇이 된다. 행여 익숙하다 해도, 자신의 보행을 구속한다는 점에서 이 버릇은 자학적이다. 손톱을 물어뜯는 일처럼.

불편하면 입지 말라고 무식한 소리를 대놓고 하는 사람은 많지 않아도 '어쨌거나 치마는 그래서 불편한 것'이라고 생각하기 쉬운데 그렇지 않다. 겹겹이 몸을 옭는 한복 치마가 아니고서야. 조신하게 입으라니까 불편한 거지, 원래 불편한 게 아니다. 불편한 디자인이라면 바지에도 많다.

남자들이 영원히 몰랐으면 하는 치마의 비밀은 역설적이게도 해방감에 있다. 치맛자락 사이로 바람이 드나들 때 맨다리에 팔락이는 옷감과 공기의 보드라운 마찰은 원시原始의 유쾌다. 그해 첫 치마를 입고 거리로 나설 때 여성들은 저마다 봄을 열어젖힌다. 겨울잠 털고 나온 개구리처럼 펄떡이는 마음은, 사타구니를 가로막는 바지에 갇힌 이들을 따돌리는 '우리'끼리의 기쁨이다.

치마는 게다가 아름답다. 아름다움은 실용성을 쉽게 압도한다는 걸, 잠시 학교 선생을 할 때 소녀들에게서 배웠다. 한겨울의 교복 치마가 너무 추워 보여 바지를 입을 수 있도록 학교에 건의하는 게 어떠냐고 했더니, 교복 바지는 원하면 언제든 구입할 수 있다는 거였다. 추워도 치마가 예뻐서요! 소녀들은 입을 모았다.

맹렬해진 태양이 지상을 덮힐수록 아름다운 치마들이 거리를 '물들인다'. 이런 감상에는 내가 여성이 아니라면 쉽게 발설하지 못할 지점이 있다. '짧은 치마 입어줘서 땡큐' 수준의 저열한 감수성이 우리가 사는 세상에는 실재하는 것이다. 아름다움은 알아보는 사람의 것이므로 치마를 사랑하는 일에는 성별이 없기를 하릴없이 바란다. 저 유명한 지하철 통풍구 위의 마릴린 먼로를 '핀업 걸pin-up girl' 이상으로 보지 못하는, 그 아름다운 플레어스커트의 입체감을 느끼지 못하는 감수성은 그래서 딱하다. 한 인간의 지평은 딱 그의 상상력만큼이다.

　요즘은 아주 사라졌길 바라지만 '아이스케키' 같은 기괴한 어린이 문화(?)를 경험하며 성장하는 사회에서는 치맛자락의 나부낌이 얼마나 쾌활한지 설명하기가 더 요원하다. 만일 내게 어린 딸이 있다면? 훗날 계단을 오를 때마다 신경이 곤두서야 하는 딸의 운명은, 아이스케키를 당하면 얼굴을 붉히며 울음을 터뜨리길 기대하는 시선에서 시작될지도 모르겠다. 아이스케키를 하고 도망가려는 바보에게 나의 '되바라진' 딸이 쏘아붙이는 장면을 상상해본다. "치마 안에는 속옷이 있고 그 안에는 엉덩이가 있을 뿐이야, 멍청아." 그럼에도 불구하고 고될 것이다, 딸의 운명은. 성범죄가 미니스커트 탓이라고 말하는 멍청이들이 잔류하는 한.

SNS를 ——————————— 욕하지 말라

트위터는 하지 않고 인스타그램은 종종 하며 페이스 북은 자주 한다. SNS를 '한다'는 것은 보거나 보이거나, 둘 중 하나를 한다는 것. 보통 이미지를 보고(보이고) 싶으 면 인스타그램을, 활자를 보고(보이고) 싶으면 페이스북을 하는데 활자가 필요할 때가 더 많은 나는 페이스북과 가 장 친하다.

페이스북을 '한다'는 자체를 의아하게 생각하는 사람 들이 꽤 있는 듯하다. 종종 왜 (그렇게 열심히?) 페이스북을 하느냐는 질문을 받는다. 앞서 말했듯 SNS를 '한다'에는 '본다'가 포함되지만, 그들은 '보는 자신'을 제외하고 '보이는 나'에 한해서 묻는다. 왜 페이스북에, 그러니까 왜 SNS 따위에 글을 쓰니. 이 물음에 꽤 복잡한 마음들이 담겨 있다는 걸 나는 눈치챈다. 호기심, 순수한 감탄, 그리고 모종의 힐난.

처음에는 이 질문에 꽤 당황했던 것이, 나는 사람들이 왜 페이스북을 하는지 궁금했던 적이 없다. 물론 왜 안 하는지 궁금했던 적도 없다. SNS를 두고 검열된 자아를 전시한다는 둥 피상적인 관계를 양산한다는 둥의 비평을 '아직도' 하는 사람이 있다는 게 오히려 놀랍다. 오프라인에서는 자신을 전혀 검열하지 않나? 오프라인의 관계는 전혀 피상적이지 않은가? 그래서 오프라인에는 온라인 세계보다 부조리한 인간의 비율이 낮나?

개인적으로 '나쁜 놈'보다 '상상력이 누더기인 놈'을 더 견디지 못한다. 상상력이 누더기인 자가 대체로 나쁜 결과를 일으킨다는 점에서 그 둘을 구별하는 것도 의미 없지만. SNS를 정성으로 하는 사람도 있고 장난으로 하는 사람도 있다. 성심으로 하는 사람도 있고 가식으로 하는 사람도 있다. 비즈니스가 목적일 수도, 연애가 목적일 수도 있다. 운동movement이 목적일 수도 있다. 그 모든 것이 검사겸사 목적일 수도 있다. 누군가의 명예를 훼손하거나 금전적인 손해를 입히지 않는다면 온라인에서 아예 다른 인격체로 살아볼 수도 있는 것 아닌가.

'상상력 누더기스트'들은 바로 그 빈곤한 상상력 탓에 저마다의 이유로 온라인에 모인 사람들을 일요일 저녁 리모컨 돌리듯 재단한다. 저이는 맨날 음식 사진만 올리니까 먹보, 저이는 맨날 해외여행 사진만 올리니까 부르주아, 저이는 맨날 셀카만 올리니까 관종, 저이는 맨날 욕만 올리니까 분노조절장애, 저이는 맨날 문학 얘기만 하니까 감성충, 저이는 맨날 일 얘기만 하니까 워커홀릭, 저이는 맨날 페미니즘 이슈만 올리니까 꼴페미.

물론 이 또한 구경꾼의 자유다. 멋대로 재단할 자유도, 당연히 있다. 다만 그 자유는 머릿속에서 누렸으면 한다. 티는 내지 말고. 누더기를 걸치고 밖에 나갈 수밖에 없다면 대충 깁는 성의라도 보여야 할 게 아닌가. 거래처와 신경전을 벌이고 나서 우울한 기분을 좀 떨치려고 지난 주말 데이트 중에 밝게 웃으며 찍었던 셀카를 올리자마자 "윤주 씨, 오늘 뭐 좋은 일 있어?"와 같은 질문을 받아본 사람이라면 알 것이다. 대답을 하기도 안 하기도 구차한 그 마음을.

나는 고통에 실체를 입히려고 페이스북을 시작했다. 언어로 바꾸면, 눈에 보인다. 눈에 보이면, 대책이 (상대적으로) 보인다. 기쁨도 마찬가지다. 잡아두려는 것이다. 잡아

두면 잡아둔 만큼은 더 머무니까. 그런 나의 '독백'에 희한하게도 얼굴 한번 본 적 없는 이들이 나지막한 신뢰를 보내주는 경우가 있다. 그들은 내가 나를 위로하려 쓴 글에 재밌다거나 슬프다거나 이해한다거나 심지어 고맙다는 댓글을 단다. 처음엔 어리둥절하고 민망하다가 살짝 도취되기도 했지만, 그 마음을 곧 이해하게 되었다. 나 또한 생면부지의 타인이 스스로를 다독일 요량으로 쓴 글에 위안을 얻는 일이 생겼기 때문이다. 때때로 자기 본위에서 출발한 행동이 결과적으로 이타에 닿을 때가 있다. 징징거릴 데가 없어서 일기장에 쏟아내듯 끄적인 글에는 애초에 누구를 위로하겠다는 목적이 없었으나, 글이란 쓴 사람이 의도하지 않은 풍경을 제가 도착한 곳에서 스스로 그려내기도 한다. SNS를 떠도는 활자들 가운에 몇몇 글들이 바로 그렇다.

나는 그 힘이 '물리적인 공간을 공유하지는 않으면서 동일한 시간을 공유하는' SNS의 특징에 있다고 생각한다. 얼굴 부딪히는 사람에게는 차마 하지 못할 말이 있다. 괜히 꺼냈다가 더 피곤해질 게 뻔하거나, 털어놓아 봤자 이해받지 못해 어차피 실망으로 돌아올 말들. 그럴 때 SNS는 혼자 중얼거려도 혼자가 아닌 시간을 제공한다. 이를 실감했던 것은 몇 년 전 겨울이었다.

나의 한 '온라인 친구'가 자신의 남편이 며칠 전 암 진단을 받았다는 사실을 짧은 글로 올렸다. 평소의 담백한 문장 그대로. 많은 사람이 위로와 격려의 말을 건넸다. 그를 '실제로' 아는 사람들이 남긴 댓글에서, 네 살배기 딸을 둔 이 부부가 주변에 큰 믿음을 주며 살아왔음을 느낄 수 있었다. 나쁜 상상이 끼어들기 어려웠다. 한 번도 만나지는 못했지만 나 또한 그를 믿고 현대의학을 믿고 그냥 뭐라도 믿고 싶었다.

그 겨울이 지날 때쯤 그가 내게 메신저로 말을 걸어왔다. SNS를 조롱하는 시선으로 보면 그와 나는 분명 '모르는' 사이였다. 생에 너무 큰 일을 당하니 '지인'에게는 오히려 말하기 어려운 것이 있다고 그는 얘기했다. 그를 찾아온 좋지 않은 상황과 좋지 않은 예감을 그는 여전히 담백하게 털어놓았지만 쓰이는 모든 단어가 고통의 무게를 짐작하게, 아니 감히 짐작하지 못하게 했다. 그리고 내게 거듭 미안해했다. 나는 그냥 들었다. 무슨 말을 해줄 능력은 당연히 없었다. 어떤 액션을 취할 수도 없었다. 하지만 그가 나에게 '얘기'할 수 있는 것이 내가 어떤 말도 건네지 못하는, 어떤 액션도 보일 수 없는, '모르는' 사람이기 때문이라는 사실은 알았다.

나는 그가 우리의 대화창을 메모지처럼 사용해주길

바랐고 그런 마음을 나름대로 그에게 전달했다. 그가 쓰면, 나는 읽었다. 남편을 본격적으로 돌보기 위해 휴직했던 날, 다른 치료법을 찾아보기로 했던 날, 병원을 옮겼던 날, 선택을 후회했던 날, 부모에게 상황을 처음 알렸던 날, 누군가에게 원망을 들었던 날, 그는 내게 말을 걸었다. 남편을 떠나보낸 어느 초여름의 아침에도. 그의 말마따나 매뉴얼이 없는, 도무지 알 수 없는 시간이 흘러갔다. 나는 그가 걱정되어 조금 뒤척일 때마다, 내가 '온라인 친구'로 그에게 소용될 수 있는 것은 내가 그를 지나치게 염려하지 않을 때뿐이라는 것을 상기했다. 그러던 어느 날 그가 다시 말을 걸었다.

"'잘' 말고, 그냥 살아보려고요."

말함으로써 그는 스스로 들었을 것이었다. '내가 살아보겠다고 말했다'는 것을. 누구에게 말했는지는 중요하지 않다. 가장 최근에 그가 내게 전한 소식은 교외에 나가 질 좋은 스테이크를 먹고 있다는 것이었다. 고기를 먹어야 한다는 데 우리는 동의했다. 정갈한 나무 테이블 위에, 눈부시게 희고 커다란 접시 위에, 소담한 고기 조각과 붉은 토마토가 올려진 사진이 도착했다. 여전히 우리는 만나지 않았지만 여전히 같은 시간을 공유하고 있었다. 그가 고기를 먹거나 텔레비전을 보거나 딸아이와 실랑이를 벌이는 시간들이 나의 시간과 나란히 지나가고 있다. SNS를 시간낭비서비스라고 혹자는 말하지만, 적어도 내게는 시간나눔서비스다. 시간은 때로 약이지만 아주 많은 경우에 짐이기도 해서, 함께 덜어내면 좀 가벼워지기 때문이다.

▲ ● ◆

이해심이 많다는 이야기를 종종 듣는다. 이해해서가 아니라, 몰라서 그냥 내버려둘 뿐인데. 모르면 이해하는 것처럼 보이는 아이러니. 가만 보면, 세상에 그런 일이 꽤 있다. 나 편하자고 한 일인데, 상대에게 뜻밖의 배려가 되는 일들. 내가 원하는 배려 역시 그렇다. 당신을 깊이 이해한다는 말보다, 나는 어차피 당신을 이해하지 못하니 당신은 그냥 당신 자신으로서 살면 된다는 말 같은 것.

샌드위치를 ——————— 먹자고 하면

샌드위치를 좋아한다. 맛도 좋지만 그것에 동반되는 과정이나 그로부터 연상되는 경험을 좋아한다. 그릇에 담겨도 예쁘고 종이 포장에 싸여도 맛과 모양이 비교적 훼손되지 않는다는 점, 실내를 오염시키지 않는 동시에 야외에 무엇보다 잘 어울린다는 점, 커피를 디저트가 아니라 식사 자체에 곁들일 수 있다는 점, 혼자 먹기 편한 것은 물론이고 누군가와 함께 먹을 때는 어쩐지 더 친밀해지는 기분이 든다는 점 등이 그렇다.

샌드위치 같은 건 바쁠 때 끼니를 때우는 대용이라고 생각하는 사람도 많지만, 나는 가능하면 하루 두 끼 중 한

끼는 샌드위치를 먹는 게 좋다. 맛있는 샌드위치와 조화로운 커피를 잘 고르면 온종일 행복하다. 식사는 그저 생존을 위해 하는 것이라고 생각했던 과거에 비하면 지금은 미식의 기쁨을 많이 알게 되었지만 여전히 한 끼에 너무 많은 에너지가 들어가는 메뉴는 내키지 않을 때가 많다.

'만드는' 에너지를 말하는 게 아니다(그런 에너지는 여전히 내 우주 밖의 영역이다). 먹는 동안에 드는 에너지, 가령 불판을 놓고 구워야 한다든지 젓가락을 놀려 정교하게 살을 발라야 한다든지 잎사귀 같은 걸 펼쳐서 얹고 둥글게 말아야 한다든지 시간에 맞춰 매번 국물에 담갔다 건져 먹어야 한다든지. 이런 음식들을 싫어하는 것은 아니지만, 그런 에너지를 기꺼이 쓸 수 있는 컨디션보다는 맛있는 샌드위치 한 덩이가 훨씬 만족스러운 컨디션일 때가 압도적으로 많다.

그러므로 우연히 특별한 샌드위치 가게를 만나면 정말 뛸 듯이 기쁘다. 갑작스럽게 볼일이 생겨 처음 가본 동네를 지나치다가, 유리벽 안으로 하몽을 써는 기계에 시선을 붙들렸다. 점심을 먹은 지 얼마 안 돼 조금 망설였지만 〈심야식당〉 주인 같은 셰프의 외모가 '일단 맛을 보고 가야 할 집'이라는 인상을 더욱 굳혔다. 내가 들어갔을 때 그는 한창 햄을 썰고 있었고 비슷한 연배의 여자분이 바로 옆에서 주문을 받는 듯했다. 한눈에도 메뉴판이 너무 다채로워서 여자분에게 "처음 왔는데요…" 말을 건네자, (본인 말고) 옆의 셰프가 (요리가 끝나면) 설명해줄 거라고 해서 잠시 기다렸다.

샌드위치를 완성해서 여자분에게 넘긴 셰프는 내 쪽으로 성큼성큼, 정말 성큼성큼 다가와서 차게 먹는 샌드위치와 따뜻하게 먹는 샌드위치의 종류를 우선 알려주고 호밀과 치아바타 중에 빵을 고르게 했다. 그다음에 다섯 가지가 넘는 햄과 치즈의 특징을 설명하고, 베지테리언일 경우의 선택지도 따로 주고, 기본으로 들어가는 야채들 중에 제외할 것이 있는지 물은 다음, 내가 선택한 치즈가 호불호가 강한데 괜찮겠는지 재차 확인까지 하고 나서 다시 성큼성큼, 햄을 썰러 갔다.

대기와 주문과 요리 시간까지 포함하면 결코 '패스트 푸드'가 아니었던 그 샌드위치엔 개성이 가득했다. 익숙하지 않은 향이 좀 강하긴 했지만, 신선한 재료들이 꼭 필요한 만큼 들어가 있었고 무엇보다 요리를 직접 하는 사람이 단지 '팔아치우기' 위해서라면 만들기 어려운 디테일이 있었다. 안 그래도 좋아하는 샌드위치에 더 즐거운 경험을 더해서 나는 몇 시간이고 행복했으며, 오늘 아침엔 눈을 뜨자마자 그 가게를 발견해서부터 샌드위치 한쪽을 다 먹기까지의 40분 남짓을 돌이키며 또 행복했다.

누군가와 만나 메뉴를 정할 때 "샌드위치 어떠세요?" 묻고 싶을 때가 있어도 '아니 오랜만에 만나서 밥 한 끼 먹는데 무슨 샌드위치야'라거나 '얘는 나를 샌드위치쯤으로 보나'라거나 '나랑 돈 쓰는 게 아깝나' 생각할까 봐 아직 그래본 적이 없지만, 내가 만약 당신에게 Y동의 I가게에서 샌드위치를 먹자고 한다면 당신과 더 은밀하고 느리고 개인적인 식사를 원해서다. 고기가 탈까 봐, 가시가 목에 걸릴까 봐, 쌈이 터질까 봐, 국물이 졸아들까 봐 마음 쓰는 에너지를 햄을 썰 듯 성큼성큼, 당신에게 옮기고 싶어서다.

3

즐겁게 일하라는 말의

무례함

엑설런트 ──────────── 없이도

어릴 때 엄마가 습관처럼, 사람 마음이 한번 좁아지기 시작하면 바늘 하나 들어갈 구멍이 없다는 말을 종종 했다. 그게 무슨 말인지 전혀 알아듣지 못했을 때부터 '마음'과 '바늘'이라는 단어가 한 문장에 있는 것만으로 뭔가 콕 찌르는 통증이 연상되어서인지, 엄마가 저 말을 꺼내는 순간에 반복되는 분위기가 무엇인지 조금 일찍 알게 되었던 것 같다. 사람의 마음은 코나 발가락과는 다르게, 고무줄처럼 늘어났다 줄어들기도 하는 부위였다. 마음이 언제나 '마음 주인'의 말을 듣는 것은 아니어서, 그 많은 사람들이 울고 웃고 사랑하고 싸우고 심지어 죽기도 한다는 것은 조금 나중에 알았지만.

심리학 용어 중에 파국화破局化라는 것이 있다. 예사로 겪을 수 있는 작은 일을 건건이 '재앙'의 징조로 여기는 오류다. 이를테면 흔히 지나가는 질병에서 곧장 죽음을 우려한다든지, 하나의 실수로 일 전체를 망칠 거라고 예감하는 것이다. 마음이 (제 주인을 무시하고) '마음대로' 날뜀으로써 결국 주인을 시험에 빠뜨리는 비극이다. 내가 기억하는 최초의 파국화는 유치원 때다. 다섯 살배기 내가 크레파스로 그림을 그리고 있었다. 목표는 해바라기였다. 원을 먼저 그리고 원 밖으로 기다란 꽃잎을 하나씩 그려 둘레를 채웠다. 만족스러운 밑그림을 그려놓고 먼저 원 안을 색칠하는데 꽃잎 부분으로 색깔이 삐져나왔다. 나는 삐져나온 자국을 한참 쳐다보다가 크레파스를 내려놨다. 해바라기를 '망쳤기' 때문이었다.

이튿날에도, 그 이튿날에도, 미술 시간은 매일 있었지만 나는 스케치북에 손도 대지 않았다. 내 스케치북은 거의 백지로 남았다. 나는 해바라기를 망쳤으므로 '그림'을 그릴 수 없는 아이였다. 미술 시간은 흘려보내야 하는 시간일 뿐이었다. 지금에 와서 성인의 언어로 설명하기 어렵지만, 굉장히 무력하고 슬픈데 그런 내 마음을 들켰다가는 혼이나 날 것이니, 문득 만사가 귀찮아지는 기분이 계속됐다. 유치원 꼬마의 '미술 파업'은 그림 딱 한 장만 그려오면 '엑설런트'(당시 서울올림픽을 앞두고 빙그레가 출시했던 고급 아이스크림)를 사주겠다는 엄마의 회유로 종료되었다.

엑설런트가 언제까지나 파국화에 제동을 걸어주는 유인이 되지는 못했다. 나중에 알았지만 인간의 뇌는 부정적인 생각에 더 쉽게 유혹된다. 비관은 낙관보다, 우울은 명랑보다 자극적이기 때문이다. 단순하고 게을러 그저 강한 것에 홀리는 인간의 뇌, 아니 마음. 다 자라서도 나는 나쁜 예감에 자주 사로잡혔고 그럴 때마다 지레 포기하는 것들이 늘어났다. 해바라기를 망치고 나서 불길하게 쌓여갔던 백지처럼.

유난히 마음을 붙잡을 수 없는 날 수업에 한 번 결석하고 나면, '그러므로' 이번 학기를 마칠 수 없을 것이라 생각했고, '그러므로' 졸업도 하지 못할 것이라 생각했다. '그러므로' 취직 또한 할 수 없을 것이었고, '그러므로' 평생 앞가림을 하지 못할 게 뻔했다. 예감의 끝은 어김없이 파국이었다.

그때 내게 '엑설런트'가 되어준 것은 뇌과학이나 심리학이 아니라 천문학이었다. 정확히 말하면 천문학의 '존재'였다. 기본적으로 물리학을 전혀 모르는 나는 당시에 붙들고 있던 천문학(천체물리학) 책들을 거의 이해하지 못했지만 아무래도 상관없었다. 137억 년(알 수 없는 기간이다) 전에 뭐가 폭발해서 '우주'라는 것이 태어났는데, 인간이 서식하는 지구에서 가장 가까운 태양까지가 1억 5천만 킬로미터(알 수 없는 거리다)이며, 이조차 시공간이 계속 팽창해서(공간이 팽창한다는 것은 대충 알겠는데 시간이 팽창한다는 게 무슨 뜻인지는 지금도 모른) 점점 더 멀어지고 있다는 것이 중요했다. 다시 말해, 인간 따위가 만들어낸 '파국'이란 단어가 무색해지는 게 중요했다. 표준국어대사전은 파국을 "일이나 사태가 잘못되어 결딴이 남"이라고 정의한다. 다시 결딴을 찾아보면, "어떤 일이나 물건 따위가 아주 망가져서 도무지 손을 쓸 수 없게 된 상태"라고 나온다. 그러니까 어떤 일이나 물건 따위가 아주 망가져서 도무지 손을 쓸 수 없게 되어봤자, 헤아릴 길 없이 막대한 시간과 공간의 입장에서는 코웃음조차 나지 않는 것이다. 이보다 더 큰 위로는 없었다.

단 하루의 무상한 삶을 영위하는 하루살이들의 눈에는, 우리 인간들이 아무것도 하지 않으면서 그저 지겹게 시간이 가기만을 기다리는 한심한 존재로 보일 것이다. 한편 별들에 눈에 비친 인간의 삶은 어떤 것일까? 아주 이상할 정도로 차갑고 지극히 단단한 규산염과 철로 만들어진 작은 공 모양의 땅덩어리에서 10억 분의 1도 채 안 되는 짧은 시간 동안만 반짝하고 사라지는 매우 하찮은 존재로 여겨질 것이다.

— 칼 세이건, 《코스모스》

위로는 위로고, 그래도 인생은 제멋대로 흘러갔다. 졸업하고 취직하고 (남들 보기에) 앞가림을 한다고 해서, 마음이 마음대로 되는 것은 아니었다. 재앙을 염려하는 버릇을 완전히 떨쳤다고 자신할 수도 없다. 내 몸 하나 씻겨 옷 입히는 것조차 힘든 날이 있고, 그럴 때마다 '아직도 한참 남은' 생을 과연 이 따위 기분으로 살아갈 수 있을까 진지하게 고민한다. 하지만 한참 남은 생이라니, 우주가 들을까 부끄럽다. 우주에게 부끄러워지는 순간, 나의 마음도 우주만큼 부푼다. 바늘 하나 들어갈 구멍이 없었는데 거짓말처럼 팽창한다. 궂은 날씨, 클라이언트의 갑질, 분실된 택배, 유쾌하지 않은 이메일, 오해와 음해는 나의 무한한 우주에 티끌조차 남기지 못하는 것이다.

그렇게 잠시 우주에 다녀와도, 물론 공과금 고지서는 날아와 있고 어김없이 어디선가 악다구니가 들려오며 나는 읍소하는 이메일을 마저 써야 한다. 그래도 얼마나 다행인가. 엑설런트 없이도, 내가 해바라기를 그릴 수 있다는 것이.

읽기의 ──────────── 변명

어떤 사람들에게 책은 아무것도 아니다. 아무것도 아니라는 건 두 가지 의미. 어떤 사람들은 책 없이도 충분히 훌륭하다. 그들은 특별한 의도 없이, 자신이 지나온 공간과 시간 속에서 삶에 필요한 거의 모든 지혜를 익힌다. 자신을 낳고 길러준 이들로부터 약한 존재를 거두어 보호하는 법을 배우고, 제 이익을 두고 싸움을 벌이는 이들로부터 권리와 사욕의 경계가 어디쯤인지를 배운다. 아무리 노력해도 되지 않는 일들로부터 좌절을 배우지만, 애쓰지 않아도 어김없이 돌아오는 계절로부터 겸허를 배운다. 이들은 애초에 특별한 의도가 없었기에 자신이 훌륭한지 훌륭하지 않은지에 별 관심이 없으며 따라서 치명적인 결핍을 느끼지도 않는다. 어느 정도의 결핍은 타고난 마음의 근력으로 곧잘 회복한다.

그러나 불행히도 타고나지 못했든, 자연스럽게 나아지지 못했든, 어느 시점부터 '훌륭하지 않게' 되어버린 사람들에게도 책은 무용하다. 일단 책을 잡지 않을 가능성이 높고, 어쩌다 책을 잡아도 (바로 그 훌륭하지 않음 때문에) 자기 좋을 대로 해석한다. 이미 잘못되어버린 독단의 신념을 강화하는 데 책이 이용되는 셈이다. 상당한 다독가 중에도 이런 사람을 제법 찾을 수 있다. 그들은 이미 본인에게 '다독'이라는 뒷배가 있다고 생각하므로 삶 본연이 주는 배움을 쉬이 무시하기도 한다. 한술 더 떠서, 삶이(또는 사랑이, 배신이, 만남이, 이별이) 두려워 책에 숨는다는 사람을 나는 본 적이 있는데, 좋은 책이라면 독자를 마냥 은신하게 내버려두지 않을 것이므로 나는 그가 읽었다는 다섯 수레의 책이 통째로 오독되었음을 짐작할 수 있었다.

따라서 어떤 책을 두고, 세상에 없어서는 안 될 책이라는 식의 판단 또한 허황한 일이다. 없어도 잘 살고, 있어도 잘 못 사는 이들이 어차피 있으니까. 다만 '누군가에게' 없어서는 안 될 책이 있다. 다시 말하면 '어떤' 사람들을, 책은 분명히 돕는다. 왜냐하면 그게 나니까. 책을 읽지 않았다면 지금쯤 나는 '훨씬' 아픈 사람이 되어 있을 거라는 데 나의 전 재산인 전세보증금 절반(절반은 남편 몫이라 치고)을 걸 수 있다. 철학자 강유원은 "사자가 위장에 탈이 나면 풀을 먹듯이 병든 인간만이 책을 읽는다"(《책과 세계》)고 말했고, 여성학자 정희진은 누군가 자신에게 왜 책을 읽느냐고 묻는다면 "아파서요. 책을 읽으면 좀 덜 아프거든요"(《정희진처럼 읽기》)라고 대답할 것이라고 말했다.

아픈 인간만이 책을 읽는다. 정확히는, 아픈데 내가 아픈 것을 아는 인간만이 책을 읽는다. 아픈데, 아픈 채 죽고 싶지는 않은 사람. 속물인데, 속물로 죽고 싶지는 않은 사람. 그러니까 저절로 훌륭하게 태어나지는 못했지만 조금씩 나아지고 싶고, 그때 책의 힘을 빌릴 수 있다는 걸 한두 번은 경험해본 사람. 아플 때 책을 찾고, 많이 아플 때 더 많이 읽는다. 안 그래도 못났는데, 요즘 못난 짓이 좀 너무 잦다 싶을 때, 하는 수 없이 기어가서 책을 든다. 그렇다고 (생각만큼) 다독가도 아니고, (생각만큼) 고급 독자도 아니지만, 무엇 때문에 밥을 먹고 말을 하며 똥오줌을 가리고 숨을 쉬어야 하는지 모르겠을 때, 책을 붙드는 것 말고는 다른 뾰족한 수를 나는 알지 못한다. 늘 하던 밥벌이가 문득 고되게 느껴져서 곰곰 생각해보면 일하려고 태어난 것도 아닌데 일하다 죽게 생겼다 싶고, 그나마 이 알량한 노동력이 언제까지 쓰일 수 있을지 덜컥 불안이 밀려오는데 세상 어디에도 나의 생존을 도와줄 사람이 없다는 비관에 휩싸이기라도 해서 이윽고 손가락 하나 까딱할 자신감도 사라질 때, 나는 권정생의 소설 《몽실 언니》를 떠올린다. 주인공 몽실은 말했다. "누구라도, 누구라도 배고프면 화냥년도 되고, 양공주도 되는 거여요." 몽실에게 죽비로 등짝을 딱 맞고 나면, 기운이 난다. 생에 기대거나 기대하지 않고, 화냥년이나 양공주로서 나와 삶을 지탱할 수 있을 것 같다.

소중한 사람을 언제 어떻게 잃을지 모르며, 내가 그것을 감당할 수 있을지 의심스러울 때는 롤랑 바르트가 《애도 일기》에서 했던 말, 자신은 어머니가 살아 있는 동안 내내 (그러니까 지금까지 살아온 삶 동안 내내) 어머니를 잃어버릴지도 모른다는 불안에 시달렸는데, "어머니가 떠나가면서, 마지막 선물처럼, 나의 가장 나쁜 부분, 나의 노이로제를 함께 가져가버렸다"는 문장을 떠올린다.

도무지 납득도 해석도 되지 않는 일이 벌어졌을 때는 제임스 설터의 단편 〈어젯밤〉의 마지막 장면을 기억하는 게 좋다(반전 자체가 작품의 메시지라 언급할 수 없지만, 믿어보시라, 당신은 반드시 위로받는다). "자기 자신을 더 이상 경멸할 줄 모르는, 경멸스럽기 그지없는 인간들의 시대가 오고 있다"는 니체의 말은 자괴에 빠져 자학을 그칠 수 없는 날 도움이 된다. 무어라도 붙잡고 싶은데, 아무것도 붙잡을 게 없을 때는 "기도는 당신과 창조주 사이의 개인적인 일이다"라는 라코타족 인디언의 말이 약이 된다.

생전에는 주목받지 못한 포르투갈의 작가 페르난두 페소아의 소설 《불안의 서》도 나의 죽비요, 약이다(이 책은 심지어 800쪽이 넘어서, 쉽게 바닥나지도 않는다). 명예, 성공, 편리함, 소음과 번잡함 등이 인정받는 시대에 역행하는 어둠, 모호함, 실패, 곤경, 침묵 등에 사로잡힌 화자 소아레스는 리스본의 작은 사무실에서 매일같이 회계장부에 수치를 채우고 자질구레한 심부름을 하며, 특별한 친구나 연인도 없이 일상을 부지한다. 그는 "삶이란 타인의 기준에 맞추어 양말을 뜨는 것"이라면서도 "운명이 나에게 준 것은 몇 권의 회계장부와 꿈꾸는 능력, 단 두 가지뿐"이라며 그 누구도 사랑해주거나 칭송해주지 않는 자신의 일상을 다음과 같이 드높인다.

살아간다는 것은 다른 존재가 된다는 의미다. 어제 느낀 것처럼 오늘도 똑같이 느낀다면, 그것은 느낌이 불가능해졌다는 의미다. 어제처럼 오늘도 같은 느낌이라면, 그것은 느낀 것이 아니라 어제 느꼈던 것을 오늘 기억해

낸 것이며, 어제는 살아 있었지만 오늘은 그렇지 않음을 의미한다. (중략) 하루의 모든 내용을 칠판에서 지워내는 일, 우리 감정의 처녀성을 반복해서 부활시키는 일, 오직 그것만이 존재와 소유의 가치가 있다. 지금 밝아오는 이 아침은 이 세상 최초의 아침이다.

군이, "감정의 처녀성을 반복해서 부활시키"지 않아도 저절로 매일을 새 존재로서 맞이하는 사람들이 분명히 있다. 몽실이가 생쌀을 꼭꼭 씹어 끓인 암죽을 태어나자마자 어미를 잃은 갓난아기에게 떠먹이는 장면을 군이 자꾸 떠올리지 않아도, 저절로 씩씩하게 걸어 나가는 사람들이 분명히 있다. 하지만 나는 그런 사람이 아니다. 몽실과 소아레스가 있어야, 롤랑 바르트와 니체를 잊지 않아야 나는 겨우 일어나 세수를 하고 양말을 신을 수가 있다. 다음 생에는 책이 없어도 책이 없는 줄도 모르게 한번 살아보고 싶다는 생각을 하지 않는 것은 아니지만, 어찌 됐든 통증이 있는데 약이 없는 것보다야 훨씬 낫다.

▲ ● ◆

자아에 지나치게 몰두하는 재주를 타고난 사람들이 상대적으로 더 많은 책을 읽는 것은 어쩌면 현실세계에서 상대적으로 편히 살기 불리한 그들이 그나마 생존하도록 설계된, 일종의 방편일 것이다. 예컨대 탁월한 자기애 빼고는 뭐 하나 가진 것 없는 L이라는 사람이 있다. 그는 '적절한' 규모의 자아를 가진 사람들이 곧잘 해결하는 일들에도 수시로 자아에 깔리느라 버둥거린다. 이런 그가 만일 책조차 읽지 않으면 그는 세계의 보편적 슬픔에 연대하지 못하며, 자기 비극의 절대성에 압사할지 모른다. '세상에 당신보다 불쌍한 사람 많다'는 종류의 언설은 둔탁하고 무례하지만, 그것이 문학의 입으로 말해질 때는 그리 단순하지 않다. 세상의 무궁한 비극에 '자기성애자'들은 꾸준히 노출되어야 한다. 그래야만 태양 아래 새로운 것 없듯 태양 아래 새로운 비극 없으며, 태양 아래 모든 일은 다 있을 수 있는 일이라는 사실을 그나마 해독할 수 있을 것이다.

즐겁게 일하라는 말의 ———— 무례함

대학 졸업을 앞두었을 때 조급하지 않았다. 앞날에 자신이 있어서도 아니었고 형편에 여유가 있어서도 아니었다. 퍽 심했던 우울증에서 느릿느릿 빠져나와 어랏, 이정도면 나름대로 사람 구실을 하겠는걸, 하고 스스로 대견해하기에도 바빴다. 미래고 밥벌이고 뭐고 존재 자체를 스스로 기특히 여기던 시절이다.

그런데 4학년 1학기였나, 교직 이수를 하던 중에 서울시 내 사립 중등학교들이 만든 어떤 연합회(정확히 기억나지 않는다)에서 일종의 채용 인력 풀(역시 기억이 안 난다)을 만든다고, 거기에 이력서를 등록해놓으라고 누가 그랬었다(누구셨더라). 그중 한 학교에서 국어과 기간제 교사를 채용하는데 면접을 보러 오겠느냐고 연락을 해왔다. 오라니까, 갔다. 갔더니, 일하라고 했다. 하라니까, 하기로 했다. 스스로 무얼 도모하지 않아도 일어나는 일들에 순응하지 않을 이유가 없었다. 그때는 정말이지 거기서 4년이나 일하게 될 줄 몰랐다.

막상 일을 시작하니 힘들고 마냥 힘들고 너무 힘들고 또 힘들었다. 뭐가 이렇게 힘든지 이유를 모르게 힘들다가, 어느 날 횡단보도 앞에서 신호를 기다리는데 차에 '적당히' 치여서 딱 한 달만 입원했으면 좋겠다고 생각했다. 이게 직장인들의 흔한 상상이라는 건 나중에 알았지만, 그때는 진심으로 그걸 바라고 있는 자신이 좀 무섭게 느껴져서 이 정도면 진짜 그만둬야 하는 거 아닌가 싶었다가, 막상 또 출근했더니 다들 너무 멀쩡해 보이고 나만 '찌질'대는 것 같아 차에 치이고 싶다는 생각은 적어도 그만두기로 했다.

퇴근을 하고 돌아오면 입었던 옷 그대로, 화장했던 얼굴 그대로 침대에 쓰러져 곧장 곯아떨어졌다. 그게 저녁 일곱 시쯤이었다. 그리고 아침 일곱 시쯤 일어났으니까 '직장인'이 평일에 꼬박 열두 시간을 자는 건데, 아무래도 정상적이진 않았다. 그런 식으로 사니까 퍽 외로워졌다. 저녁에 친구 만나서 놀고 취미 활동을 하고 자기를 계발하고 그런 걸 못 해서가 아니었다. 도대체 이게 왜 이렇게까지 힘들 일인지 스스로 납득을 못 하겠는 것이다. 야, 학교 선생이, 어? 그렇게까지 힘드냐, 어? 심지어 니가 담임을 하는 것도 아닌데, 애들 몇 시간 가르치고 퇴근하고, 어? 여름에 겨울에 방학도 있는데, 너 그런 식이면 다른 일은 아예 못 해, 세상에 힘든 일이 얼마나 많은데, 어?

명백히 특정한 근무 환경의 문제는 아니었다. 좋은 어른, 좋은 선배, 좋은 동료, 그리고 정말 좋은 학생들이 있는 곳이었다. 그래서 때로는 진짜로 좋기도 했다. 그러나 그 좋음은 어떤 수준이든 상관없이 어디까지나 노동의 대가를 전제하지 않고는 성립 자체가 불가능했다. 나는 돈에 골몰하기 시작했다. 물욕이 생겼다거나 숫자에 밝아졌다는 게 아니라 '내가 나 살 돈을 벌지 않으면 아무도 나를 살게 해주지 않는 세상'에 대한 공포에 비로소 사로잡히기 시작한 것이다. 어른이 된다는 건, 섹스할 수 있는 장소에 당당히 출입하고 신용카드를 만들 수 있게 된 것이 아니라, 어떤 방식으로든 노동하기 시작하여 그걸 죽을 때까지 해야 한다는 사실을 받아들이는 것이었다. 거대한 우울에서 간신히 빠져나와 비로소 사람 구실 할 수 있게 된 것을 알아주는 사람은 없다는 것, 그냥 존재하는 것만으로는 전혀 기특하지 않다는 것도.

남들 다 아는데 나만 몰랐던 그 각성이 공포로 다가왔다. 죽지 않기 위해서는 (다른 누가 아닌) 바로 내가 노동해야 하고, 노동은 그래서 존재에 우선하며, 그러니까 나의 청순한 영혼 따위 탈탈 털리든 말든 '내가 버는 돈'이 오직 나를 추동한다는 점. 그리고 나는 남들 다 하는, 아니 남들보다 훨씬 편한(?) 일조차 숨이 턱까지 차도록 발악하지 않으면 따라가지 못하고, 하루에 열두 시간을 수면해야 나머지 깨어 있는 시간에 간신히 남들 하는 몫을 흉내 내는 수준의 인간이라는 점.

시간은 대체로 가혹하지만 너그러운 구석도 있어서, 어쨌든 꾸역꾸역 견디는 인간에게 관성이라는 선물을 주기도 한다. 1년이 지나고 2년이 지나고 3년 차쯤 되자, 꼭 매일매일 열두 시간을 자지 않아도 어느 정도 일과를 견딜 수 있게 되었다. 요령도 생기고 틈도 생겼다. 그래도 저 끝에서 나를 응시하는 것은 자아실현이나 성취, 미래 같은 단어가 아니라 돈이었다. 잠자는 장소를 유지하는 데 드는, 아프면 치료하는 데 드는, 고장 난 물건을 고치는 데 드는, 그러므로 없으면 사람을 죽게 할지도 모르는 돈.

지금도 마찬가지다. 그사이 더는 교사가 아니게 되고, 직장들을 옮기고, 승진 비슷한 것도 하고, 하루에 여덟 시간만 자도 이튿날 출근할 수 있을 만큼, 그 옛날의 나를 생각하면 정말이지 '베테랑'이 되었다고 하지 않을 수 없지만, 나는 아직도 돈이 무섭다. 누군가는 또 그런다. 너의 이런저런 조건에서 그렇게 극단적으로 돈을 무서워하는 것은 지나치다고. 배웠고, 배워서 써먹을 능력이 있고, 그러면 써먹을 데가 있고, 써먹으면 돈은 나온다고. 적어도 생존할 만큼은. 그러나 과연 그럴까? 아프면 일할 수 없고, 일하지 않으면 아무도 돈을 주지 않는다. 아무도 돈을 주지 않으면 치료받을 수 없다. 치료받을 수 없으면, 아프다. 아프면 일할 수 없고, 일할 수 없으면 아무도 돈을….

나는 경제관념 따위는 놀라울 만큼 없지만 그냥 그런 게 두렵다. 그래서 일을 즐기라거나 일로써 자기를 실현하라고 조언(?)하는 사람을 보면 어안이 벙벙하다. 일을 즐길 수 있고 일로써 자기를 실현할 수 있는 사람이 없지는 않겠지. 그것은 다만 기막힌 행운일 것이다. 세상에는 즐긴다는 표현이 어불성설인, 고되고 열악한 노동이 널려 있다. 종류가 다르더라도 본질은 마찬가지다. 남의 돈을 받으려면 노동력을 팔아야 하고, 노동력을 파는 과정에는 사람됨을 시험당하는 순간이 지뢰처럼 널려 있다. 사람됨을 시험당하는 일이 서럽고 고되지 않다는 건 기만이다.

즐겁게 일하는 것은 그다음이다. 즐겁게 일하기로 마

음먹는 일은 서럽고 고된 자의 '선택'이다. '취하라'고 했던가, 시간에 학대받지 않으려면.(보들레르, 〈취하라〉) 내가 나의 일과 그 일에 얽힌 사람들에게 애정을 거두지 않으려 하는 것은, 그래서 가능한 한 즐겁게 일하려고 하는 것은 서럽고 고되지 않아서가 아니다. 다른 서럽고 고된 사람들과 함께 일하기 때문이다. 돈이 돈을 버는 세상은 더럽고 치사하지만, 그 더럽고 치사한 세상에 한번 살아보겠다고 모인 것 아닌가. 취하지 않을 방법이 있을까.

덜 고되게 하려고 누구는 보람을 찾고, 덜 고되게 하려고 누구는 실적을 쌓으며, 덜 고되게 하려고 누구는 파티션 너머로 쿠키를 건넨다. 기왕이면 한 번 더 웃고, 기왕이면 농담을 건네고, 기왕이면 안부를 묻는다. 하지만 그중 누군가가 즐거워 보이지 않는다고 해서 너는 왜 즐거워하지 않냐고 물을 수는 없는 것이다. 누가 탓할 것인가. 그는 노동하되 즐거워하는 것까지 선택할 여력이 없을 뿐인데.

일은 에프엠으로 ——————— 하면서

　　직장 후배와 무슨 이야기를 하다가 우리가 업무를
처리하는 방식이 '매우 에프엠FM'이라는 데 동의했다. 요
즘에도 에프엠이란 말을 쓰는지 모르겠고, 내 머릿속에 있
는 에프엠의 개념을 대치할 우리말이 있는지도 사실 모르
겠지만.

　　후배와 나는 업무를 처리할 때 전반적으로 조바심이
좀 있고 일정에 민감하며 그래서 살짝 급하다. 책임 소재
가 분명하지 않은 것을 견디지 못한다. 이런 타입은, 자신
을 들볶지 않고 하루 이틀 정도는 대수롭지 않게 여기며
그래서 전반적으로 느긋한 동료와는 잘 맞지 않는다. 이런

느긋함이 '좋은 게 좋은 것'으로 넘어가는 순간, 아무도 책임지지 않은 채 불량품으로 굴러다니는 일들이 누적된다고 생각하는 경향이 있다. 그런 일들이 '절'을 떠나게 하고.

일하는 방식이야말로 성격과 세계관의 총합이라서, 나나 그 후배나 또 '우리' 맘 같지 않은 사람들이나 어쩌다 이렇게 되었는지 모른다. 세상일에 정도正道가 없듯, 그저 유형이 다르고 다른 만큼 서로 감안해야 할 뿐. 그간 함께 일했던 수많은 사람을 떠올려보다가, 넋 나간 사람처럼 불쑥 중얼거렸다. "그런데 나는, 인생이 에프엠인 사람하고는 도무지 맞았던 적이 없어."

내가 뱉어놓고 뜬금없이 거창해서 먼저 웃긴 했지만, 그렇게 이야기가 새도록 하는 쪽도 언제나 나다. 그러니까 나는 '내게 돈을 주는 곳'에서는 누가 새는 꼴을 못 보는 주제에, 노동과 임금이 교환되지 않는 관계에서는 마구 새어버린다. 대화뿐 아니라 많은 부분에서. 이해받기 어려운 생각에 자주 휩싸이고, 그 생각을 부지불식간에 드러내다가 충고(?) 같은 걸 당하기도 한다. 일터에서와는 달리, 무엇이 매뉴얼인지 모르니까 그러는 것이다. 회사에서 일하다 화가 날 때마다 아니, 일을 그렇게 하면 안 되지, 누구보다 단호하게 말하는 나에게 누군가는 메아리처럼 되받아치는 것이다. 아니, 너는 인생을 그렇게 살면 안 되지.

삶의 '당위'를 말하는 사람들과 나는 가까워질 수가 없다. 샛길 없는 인생, 정확히는 샛길 없는 인생을 도모하는 인생, 더 정확히는 새지 않으려고 안간힘 쓰는 그 인생의 주인들과 나는 잘 맞지 않는다. 실제로 샜느냐 안 샜느냐가 중요한 게 아니다. 누가 누가 더 많이 새봤나, '불행 배틀'이야말로 유치의 극치다. 다만 나와 잘 맞지 않았던 '인생의 에프엠'들은 내가 앞으로 200년쯤 더 산다고 해도 끝내 이해할 수 있을 것 같지 않은 단어들, 이를테면 정의, 선, 도덕, 명예, 진실과 같은 말을 신뢰하며 그것들을 신뢰하지 않으면 인생이, 심지어 세상이 샛길로 빠지는 거라고 생각하는 듯했다.

하지만 정의는 누굴 위한 것이며 도덕은 무엇을 엄호하는가. 명예는 어디에서 하릴없이 굴러떨어지는 것인가. 정말 몰라서, 모르겠어서 그런다. 그리고 진실은, 인생의 에프엠들이 말하는 진실은, 이를테면 일주일에 6일을 '갑질'하다가 일요일 오전 교회에 들러 말끔한 얼굴로 회개하기를 반복하는 이들의 새하얀 셔츠에 침을 뱉고 싶은 것, 이런 것도 포함하는가? 많은 사람들이 일제히 칭송하는 사람이라면 일단 싫어지는 것, 모두가 입을 모아 욕하는 사람이라면 슬그머니 그의 편에 서고 싶은 것, 아직도 많이 남은 생을 어떻게 달래야 할지 늘 멍청한 것, 삶을 꽃

밭같이 지극정성 가꾸는 사람들이 언제나 의아한 것, 지구도 모자라 달에까지 금 긋고 침 뱉기 시작했다는 인류 따위 그냥 멸망해도 되지 않나 싶은 것도?

다만 다람쥐처럼은 살고 싶은 것, 돌멩이 넘으며 도토리 주워 물고 나무 타고 그늘 찾아 틈틈이 조는 것, 무리는 안 짓고 외로움도 안 타고 자살도 안 하는데 슬프지도 않은 것, 난다 긴다 지랄해도 어차피 인간은 태어나 죽을 때까지 제 인생밖에 모르는 것, 내가 아는 진실이라곤 오직 그것뿐인 것도?

이런 것들에 비하면 업무 매뉴얼은 너무나 쉬우니, 에프엠대로 일하지 않을 도리가 없는 것도.

슬픔이여, ——————————— 안녕

　　과거에 한 수업에서 내가 쓴 에세이를 선생이 낭독한 적이 있다. 전 시간의 과제물이었는데, 글의 어떤 측면이 공유될 만하다고 선생은 말했다. 하지만 과제의 특성상 사적인 내용이 담겼으므로 창작자가 누군지는 밝히지 않겠다고 덧붙였다. 그 글을 누가 썼는지 유일하게 알고 있는 나로선 예측하지 못했던 방식으로 주목받게 되어 당혹스러웠다.

　　낭독이 끝나고 학생들의 촌평이 이어졌다. 형식이 없는 자유로운 감상평이어서 정제되지 않은 의견들이 오갔다. 멀쩡히 얼굴을 들고 앉은자리에서 '남몰래 까이는' 기분은 생각보다 나쁘지 않았다. 조금은 짜릿하기도 했다. 심지어 '무슨 말인지 하나도 모르겠다'는 혹평에도 기분이 상하지 않았다. 달아오르던 뺨도 차차 식어가고 마음이 편안해져 급기야 나도 한마디 거들어볼까, 뭐 그렇게 즐기고 있었다.

그러던 중 머리카락을 정수리까지 질끈 올려 야구공처럼 동여맨 여자가 손을 들었다. 그때까지 딱히 거수한 후 발언하는 분위기가 아니었기에 나는 여자의 입에서 나올 말이 심상치 않을 것임을 알아차렸다. 그러나 정녕 '그런' 종류일 줄은 몰랐다.

"글쓴이는 별로 슬프지도 않은 걸 슬프다고 표현하네요."

여자는 내 글에서 슬픔의 원인으로 묘사된 이별이나 경제적 곤란이 사소하다고 말했다. 살다 보면 누구나 겪을 수 있는 일인 데다 그 '강도'마저 약한 편이라는 것이었다. 여자는 나보다 나이가 꽤 많았는데, 자신은 어머니의 얼굴을 모른 채 자랐고 가족 중에 중증 장애를 가진 성인이 있으며 자신이 그를 오롯이 부양하고 있다고 설명했다. 또 현재 잇몸이 회복할 수 없을 만큼 망가졌는데, 예전에 난방이 전혀 되지 않는 집에 살았을 때 밤마다 추위를 견디느라 하도 이를 꽉 물어서 무리가 갔기 때문이라고 말했다. 여자는 점점 격앙했다.

슬프지도 않은 걸 슬프다고 표현해 여자의 심기를 건드린 나는 그 자리를 박차고 나오고 싶었다. 나의 오랜 엄살이 백주에 발가벗겨지고 말았다는 자괴감에 고개를 들기 힘들었다. 나는 전폭적인 모성 안에서 길러졌다. 가족 중에 중증 장애인도 아직 없고, 난방을 아끼며 살긴 했어도 추위로 잇몸이 상해본 적은 없었다. 나는 부끄러웠다.

여자의 흥분이 가라앉자 선생님은 '개인의 감정을 계량화할 수는 없다'는 취지의 이야기로 상황을 마무리했던 것 같다. 분위기는 대강 수습됐으나 여자에게도 나에게도 그 순간에 별 위무가 되지는 못했다. 종강할 때까지 여자와 나는 대립했다. 물론 내 마음속에서만. 여자는 수업 후 종종 이어졌던 식사나 술 자리에서도 자신이 겪어온 고통이 남들의 그것과 얼마나 다른 차원인지 자주 강조했다. 자신이 (수없이) 유기당했고 배신당했고 사기당했고 고립당했음을 고백했다. 여자는 적어도 그 수업에서는 당당히 슬픔의 '권리자'가 됐다. 누구도 그 앞에서 슬픔에 지분을 갖기 어려웠다. 나는 말할 것도 없었고. 그러던 중 충돌이 일어났다.

수업이 끝나고 몇몇이 함께했던 술자리에서 한 남자가 자신이 가진 질병을 호소했는데, 여자가 그 질병의 경미함을 지적한 게 화근이었다. 구체적인 병명을 밝히긴 어렵고 예컨대 이런 것이었다. "발목을 삐었는지 걷기가 너무 힘들다"고 말한 남자에게 여자는 "발목이 삐었으면 아예 걷지를 못한다. 멀쩡히 걸어 다니면서 뭘 그러냐. 내가 예전에 발목 삐었을 때는 그 자리에서 꼼짝도 못 하고…"라는 식으로 남자의 말문을 막아버린 것이다.

그때 남자가 폭발했다.

"네가 가져본 것은 네 발목뿐이잖아!"

그 말에는 많은 것이 들어 있었다. '에세이 익명 낭독' 사건 이후로 여자 앞에서 순순히 슬픔의 지분을 포기했던 나에게 기묘한 희열이 쏟아졌다. 동시에 한동안 영문도 모른 채 은폐됐던 슬픔이 깨어났다. 슬픔이 깨어났는데 고통스럽지가 않았다. 오히려 편안했다. 팔이 어깨 아래에 있고 허파 아래 횡격막이 있듯 슬픔도 그냥 거기에 있을 뿐이었다.

여자와는 당연히 수업 이후 연락할 일이 없었다. 돌아보면 여자의 슬픔은 딱한 면이 있었다. 수술실에서 개복되어 꺼내지는 장기처럼, 자꾸만 밖으로 호출되는 슬픔의 운명이란 얼마나 피로한가. 늑골에 심장이 보호되듯, 자기 안에 내밀히 보존돼야 할 슬픔이 시도 때도 없이 타인의 것과 '견주어지는' 일은 얼마나 소모적인가.

중요한 것은 슬픔의 경중이 아니라 슬픔을 다루는 방식이라고 나는 믿게 되었다. 슬픔은 굳이 전시될 필요도 없지만 꼭 폐기될 필요도 없다. 내밀히 숨 쉬는 슬픔의 소리를 나는 가끔 집중해서 듣는다. 무릎이 아프면 무릎이 아프다고 말할 수 있듯이, 때로 슬픔의 소리를 타인에게 이야기하기도 한다. 그러나 너무 많이 얘기해서는 안 된다. 그것은 타인의 슬픔과 나의 슬픔 모두에게 예의가 아니다. 아무나 내 무릎을 수술할 수 없듯이, 아무에게나 내 슬픔을 어찌해달라고 응석할 수는 없다. 왜냐하면 타인의 무릎도 대체로 성치 않기 때문이다. 얼마나 성치 않은지는 영원히 알 수 없고 알아야 할 필요도 없다. 우리는 다만 은밀히 공감할 뿐이다. 그리고 다만, 무릎이 아프다고 무릎을 없애버릴 수 없듯 슬픔이 고통스럽다고 슬픔을 소거할 수 없을 뿐이다.

프랑수아즈 사강의 소설 《슬픔이여 안녕》을 읽기 전, 제목으로만 짐작했을 때 당연히 슬픔을 떠나보내는 '안녕bye'일 거라 생각했다. 결말에 이르러서야 그것이 슬픔을 맞이하는 '안녕hello'임을 알고 가슴이 철렁했던 기억이 난다. 소설의 주인공이자 화자는 자신의 새엄마가 될 여자였던 동시에 자신이 열렬히 싫어했던 인물인 '안느'가 사고로 죽자 깊은 죄책감에 휩싸여 소설 전체의 마지막을 다음과 같이 맺는다.

> 안느, 안느! 나는 이 이름을 나직한 목소리로 오랫동안
> 어둠 속에서 되풀이한다. 그러자 무언가가 내 마음속에
> 솟아오르고, 나는 그것을, 눈을 감은 채 그 이름으로 맞
> 이한다. 슬픔이여, 안녕하세요?

소설이 끝나며 주인공이 비로소 소녀에서 숙녀로 발
돋움한다는 것을 독자는 의심할 수 없다. 그리고 종종 나
의 슬픔을 눈앞에 데려와 앉힐 때, 오랜 시간이 지난 지금,
수업에서 만났던 그녀의 슬픔은 어디쯤 가 있을지 궁금해
진다.

▲ ● ◆

우울은 제가 몸담기 쉬운 방향을 찾기 위해 쉬지 않고 두리
번거린다. 우울에게는 악의가 있지 않다. 그 또한 그렇게 생
겨먹었을 뿐. 우리가 할 일은 '녀석이 또 나대고 있다는 사실
자체를 인식하는 일'이다. 일종의 메타인지를 놓치지 않는
것. '하, 이 새끼가 이번엔 거기 꽂히시겠다고 슬슬 국민체조
를 하고 자빠졌네!' 하는 마음 같은 것. 그것이 너무 꼭 맞는
둥지를 찾아 곧장 몸집을 불리기 전에.

김혜수의 ——————————— 번역가

개떡같이 얘기해도 찰떡같이 알아듣는 사람이 있다. 집단의 소통을 가능케 하는 건 달변가가 아니라 이들이다. 흔히 '말귀'라 하는 이 재주는 단순하지 않다. 뛰어난 말귀는 훌륭한 번역가의 능력에 가깝다. 하나의 문장은 나름의 역사를 매달고 발화되므로 언어 뒤에 숨은 맥락을 끄집어내는 힘까지가 말귀일 것이다.

주변에 놀랍도록 말귀가 밝은 사람이 몇 있다. 지복이라 여기는 동시에, 보고 배우기 위해 그들을 '임상'한다. 간추려보니, 우선 이들은 전반적으로 눈치를 보며 자랐다. 눈치는 불리한 사람이 보는 것이므로 이들은 환영받지 못할 만한 어떤 이유를 지닌 채 성장한 경향이 있다. 스스로 기민하지 않으면 상황이 악화된다는 걸 알고 있어서 자연스럽게 맥락을 헤아려 버릇해온. 바꿔 생각해, 숨만 쉬어도 주변에서 어화둥둥 떠받드는 데 익숙했다면 적어도 이 능력이 길러지기엔 불리한 운명이었다 할 수 있다. 알 만한 분, 배운 분, 높은 분이 외려 말귀에 영 소질이 없는 경우다. 이때 '아랫것'들은 소통보다는 고통을 체험한다.

그런데 또 열심히 눈치만 본다고 되는 건 아니다. 생의 어떤 불행의 요소가 눈치를 길러주는 건 맞지만 불행에 잠식당한 마음은 말귀를 방해한다. 자기연민에 갇힌 사람과 대화하기란 얼마나 지난한가. 자기를 연민하기란 또 얼마나 달콤한가. 말귀 밝은 이들은 그래서 자신의 불행이 세계를 지배하도록 내버려두지 않는다. 그들은 보다 처절하고, 보다 참담한 타인의 세계를 넘어다본다. 이를테면 문학 같은 것을 통해.

한 사람이 온 세상의 비극을 겪을 수 없어서 문학이 있다고 나는 생각한다. 훌륭한 문학은 독자를 자기연민의 우물 밖으로 꺼내준다. 제 손톱 밑 가시에 절절매며 살아온 사람에게, 이렇게 넓고 깊은 진창이 세상에 많으니 엄살은 조금만 떨라며. 말귀 밝은 이들이 개떡을 찰떡처럼 알아듣는 건 말 한마디를 천 개의 결로 헤아리기 때문이다. 이들은 마담 보바리의 생과 그리스인 조르바의 생을 함께 살면서 휘트먼의 생과 네루다의 생도 건너본다. 그러고도 아직 못 살아본 생을 계속 궁금해한다. 궁금하니까 헤아리려 하고 자주 헤아리다 보니, 잘 헤아리게 된다.

그들은 비극을 알되 비극에 잡아먹히지 않는 사람들이다. 눈치를 능히 보지만 자신을 폐쇄하지 않는 사람들이다. 그들은 점점 귀해진다. 오늘날 눈치 보는 태도는 그다지 미덕이 아니며, 자기 비극만 막대한 사람은 차고 넘치기 때문이다. 비극을 딛고 당당해지라는 자기계발서는 호황이고 생의 명암을 시퍼렇게 비추는 문학은 불황인 걸까, 그래서.

배우 김혜수 씨가 국내에 번역되지 않은 외국 소설을 개인적으로 번역을 맡겨 읽을 만큼 문학의 열렬한 독자라는 기사를 보았다. 매해 큰 시상식을 진행하는 모습이나 인터뷰한 내용을 보면서 소통에 능한 사람이라는 걸 느껴왔는데, 백번 납득이 되었다. 그녀의 번역가가 부럽다. 이 정도의 의지와 격조를 지닌 의뢰인을 위해 언어를 옮기는 일은 정말이지 즐거울 듯하다. 내가 갈고닦은 말귀로 닿을 수 있는 이국의 세계를 김혜수에게 배달하는 일이라니. 저마다 제 얘기만 떠들고 남의 말은 안 궁금한 세상에, 이런 '셀럽'이 있었다니. 왜 일찍이 번역을 공부하지 않았을까, 나는.

페어 ——————————————— 플레이

    이 나라에서 열일곱부터 열아홉 살까지의 학생들을 가르치는 건 내가 할 수 있는 일이 아니라고 느낀 순간을 또렷이 기억한다. 방과 후 수업 중이었고 창밖은 어두워져 있었다. 언어 듣기평가 파일을 틀어놓고 다음 문제들을 들여다보는 동안 '아, 이 문제는 이렇게 풀면 엄청 편한데!' 하는 특급 노하우가 떠올라 메모를 해두고 있었다. 설명에 자신이 있는 문제였다(선생에게도 당연히 자신 있는 문제와 자신 없는 문제가 있다). 그리고 그 문제를 풀 차례가 돌아와 나는 의기양양하게 '밑줄 쫙' 그어가며 설명했다. 완벽에 가까운 강의였다. 손가락 끝까지 뻗친 자부심이 분필을 절단할 지경이었다. 나는 덧붙였다. "너희들은 이 문제 하나를 맞힘으로써 전국에서 언어 영역 몇천 등이 올라가는 거야." 아이들은 조금 즐거워했다.

'진짜 문제'는 그다음이었다. 단 한 문제로써, 자신의 학생들을 일거에 몇천 등 끌어올린 선생이, 홀연 〈여고괴담〉 귀신에라도 홀린 듯 중얼거렸던 것이다.

"가만 있어봐, 너희가 몇천 등 올라가면 너희들 때문에 몇천 명이 우수수 떨어지겠네."

무슨 귀신 씨나락 까먹는 소리냐는 듯 몇몇 학생이 나를 쳐다봤다. 나는 황망히 다음 '문제'로 넘어갔다.

나는 십 대였을 때 매우 승부욕이 강했다. 승부욕이란 이기고자 하는 마음이니 나는 기실 꽤 많이 이겨왔던 것 같다. 그런데 스무 살 넘어 전인격을 갈아엎을 만한 늦은 사춘기를 겪고 나서 '전혀 이길 생각이 없는' 사람이 됐다. 이기기 싫으니 링 위에 올라갈 생각조차 안 하는 건 당연했다. 웬만하면 피하고 가능하면 숨으며 그러나 조금씩 밥벌이를 했다. 물론 안다. 밥을 굶지 않고 벌었다는 사실이 그 와중에도 누군가를 이겼다는 증거라는 걸.

여전히 매일같이 밥을 벌고 돈을 쓰니, 언제나 나는 상처를 입거나 입히기를 그칠 수가 없다. 다들 그러고 산다고, 별일 아니라고 생각하다가도, 이따금 누가 내 머리카락에 껌을 붙여놓는 꿈을 꾼다. "난 너한테 껌을 붙이지 않았어." 나는 항변하지만 그는 말한다. "너는 껌보다 더한 년이야." 나는 가슴에 실질적인 통증을 느끼며 깨어나, 머리카락 끝을 매만지며 자맥질하는 심장을 가눈다. "나는 별로 이기고 싶지 않아." 말해봐야 돌아오는 건 "그럼 넌 패배!"뿐. 그럼 또 나는 "패배해도 상관없어" 말해보지만, 그 입은 다물고 링 위에 일단 올라오란다. 그게 이 세계의 페어 플레이란다.

▲ ● ◆

<u>스스로 드높여지길</u> 도모하지 않은 채 남의 약점을 헐뜯어 제 존재(의 당위)를 입증하려는 자들의 민낯. 그 위태로운 얼굴이 지뢰처럼 도사린 곳에서 매일의 태양을 대면하는 일. 이 공포에 익숙해질 능력이 나에겐 없다. 괴물과 싸우다 이윽고 괴물이 돼버린 경위는 동서고금의 핑곗거리일 테지만, 이 꼴을 보자고 신이 인간을 조물조물 만들어놓고 보시기에 좋았던 것은 아닐 거다. 이윤주 괴물화化 로딩은 얼마쯤 진행됐을지. 거울을 피해 당도한 방에서 불을 끄고 허물어짐으로써 남는 허물은 허무. 반쯤 완성된 괴물의 민낯으로 황망히 통장의 잔고를 헤아린다.

3월 ——————————— 이직자의 단상

　퇴사를 한 지 두 달이 되어가는 시점에서 새 일터에 입사할 날을 보름쯤 앞두고 있다. 공백, 휴식, 말미, 단절, 충전, 틈, 무어라고 불러도 상관없는 시간을 느릿느릿 지나가는 중이다. 자정이 훌쩍 넘을 때까지 책을 읽거나 음악을 듣다 잠이 들면, 어슴푸레 스며드는 빛 사이로 살금살금 출근을 준비하는 남자의 기척에 깨어난다. 몸을 일으키지 않는 나에게 남자는 잘 있으라고 말하고, 바람냄새가 깃든 겨울외투를 쓰다듬으며 나는 그에게 잘 다녀오라고 말한다. 그러고는 반드시 다시 잔다.

　아점을 먹고 싶다고 느낄 즈음, 잠옷 그대로에 후드

집업 하나 걸치고 나와 창문들을 열면 이미 한참 전부터 분주했던 지상의 소음이 냉기와 함께 우수수 쏟아진다. 나는 지금 일하지 않는구나, 실감하는 순간이다. 씻지 않은 나는, 냉동실에 얼려둔 밥을 전자레인지에 넣으려는 나는, 오전 내내 어떤 이메일도 보내지 않았으며 단 한 통의 전화도 받지 않은 나는, 아직 수면양말을 신고 있는 나는, 간밤에 밑줄 친 구절을 거의 그대로 기억해낼 수 있는 나는,

일하지 않는구나.

일하지 않는 동안 나는, 백설공주가 된 조카에게 사과파이(조카가 가진 책에는 공주에게 먹일 독이 사과가 아니라 사과파이에 들어 있다)를 30번쯤 구워주는 마녀가 되었고, 손녀 독박육아에 심신이 너덜너덜해진 엄마의 말동무가 되었고(그 이상이 되고 싶었으나 할 줄 아는 게 없었다), 그간 양껏 읽지 못했던 책을 머리맡에 쌓아두고 조금씩 갉아 읽는 다람쥐 스타일의 독서가가 되었고, 그러면서 조만간 다시 일하기 위해 이력서를 전송하는 구직자가 되었고, 주말에 몰아서 남편과 같이하던 빨래와 청소, 식량 주문 등을 홀로 완수하는 주부가 되었고, 책으로 묶이려다 엎어진 원고들의 운명을 곰곰 점치는 습작생이 되었다. 물론 봄을 기다리며 가방과 구두를 지르는 쇼퍼이기도, 하릴없이 스크롤만 내리는 네티즌이기도, 아픈 곳을 다스리러 병원과

약국을 오가는 환자이기도 했다.

그러나 오래 보지 못한 당신을 성큼 찾아가는 방문객이 되지 못했다. 갈등의 복판에서 지혜를 발휘하는 중재자, 겨울산에서 짙은 입김을 내뿜는 등산가, 배낭에 칫솔과 속옷을 챙긴 여행자가 되지 못했다. 진창을 딛고 옥토를 일구려는 운동가, 그림과 음악을 쫓아다니는 관람객, 검은색 네글리제를 입고 샴페인을 따르는 연인이 되지 못했다.

일단 사람이 어떤 것이 되어버리면 다른 어떤 것은 되기 어렵다. 마녀가 결코 등산가가 되지 못하는 것은 아니지만, 여행자인 동시에 친정엄마의 말동무이기는 쉽지 않다. 문제는 우리네 얄팍한 마음이 툭하면 모순된 것을 소망한다는 것. 사랑하고 싶은데 귀찮은 건 싫고, 돈 벌고 싶은데 바쁜 건 싫고, 혼자 있고 싶은데 외로운 건 싫고, 죽고 싶지만 떡볶이는 먹고 싶고.

2월은 짧고 내게 1년의 시작은 언제나 3월이었으므로, 하루 여덟 시간을 앉아 일하는 곳으로 다시 돌아가는 시기가 마침 3월인 것도 나쁘지 않다. 다가오는 날들에는 다만 모순을 받아들이되 모순에 걸려 넘어지지 않았으면 한다. 모순을 호흡처럼 내버려두고, 그것을 봉합하려 애쓰지 않는 대신, 내가 되려고 하는 것이 무엇인지는 잊지 않으려 한다. 새 학년을 앞두고 방학숙제를 마무리하며 괜히 긴장하다 잠꼬대를 하면서도, 혹시 예쁜 애가 내 짝이 되지는 않을까 상상해보는 초등학생처럼, 지금 이 시간 교차하는 두려움과 아쉬움을 또박또박 일기처럼 적어보았다.

저자의 ——————————————— 연인

　편집자 경력이 일천하지만 다른 건 몰라도 저자 복은 좀 있다는 생각을 한다. 어떤 편집자에게 저자 복이란 몇만 권 팔리는 책을 써주시는 저자를 만난 복을 의미할 수도 있겠지만 내가 느끼는 복은 그런 종류는 아니다. (소문으로만 듣던) 책동네의 험한 꼴들을 이래저래 목격하면서도 이 일이 단순 밥벌이 이상의 무엇으로 내게 '각인된다'고 느꼈던 모든 순간은 저자와 공유한 긴장 속에 있었다.

　편집자로 지내다 보면 독자일 때보다는 아무래도 책 한 권이 세상에 나오는 게 '그렇게' 어마어마한 일은 아니라는 걸 알게 된다. 하루에도 수많은 책이 쏟아져 나오고, 그중 대부분이라고 해도 무방한 비율의 책들이 제 출생을 신고하기도 전에 독자(가 될 수도 있었던 이들)의 시야에서 사라진다. 그 생리를 알면서도 내일은 어김없이 내일의 책들이 쏟아진다. 그 복판에서 일하다 보면, 언제나 내게 구원이었고 애인이었고 살아도 되는 이유였던 책들이 그저 하나의 물건처럼 느껴지는 순간이 없지 않다. 그리고 책 만드는 일은 (모든 노동이 그렇듯) 그걸 다만 프로세스라고 여기지 않으면 오히려 지속하기 어려운 성격의 노동이기도 하다.

그러나 세상에 책 한 권을 보태는 일에 여전히 신비로운 지점이 있다는 걸 실감할 때가 있다. 나의 마음과 저자의 마음이 궁극적으로 같은 데 있다는 사실이 부지불식간에 느껴지는 순간이다. 이 책이 세상 모든 곳에 닿을 필요는 없지만, '어떤' 곳에는 꼭 닿았으면 하는 바람, 그리고 그걸 '우리'가 공유하고 있다는 상황이 불현듯 인식될 때다. 편집자에게 초고가 도착하는 순간부터 인쇄소에 최종 데이터가 넘어갈 때까지, 저자와 편집자는 기본적으로 '밀당'을 멈출 수 없고 이 긴장은 야근 따위(!)와 비교할 수 없는 에너지를 요하지만, 그래서 갈등과 오해와 부담이 시시각각 끼어들지만, 그 '와중'에도 나는 우리가 (우리 자신도 모르게) 저쪽까지 건너갈 돌다리를 하나씩 연결하고 있음을 느낀다.

　그리고 그런 걸 느낄 수 있다는 자체가 좋은 저자들과 일할 기회가 내게 주어졌다는 뜻이라는 걸 이제는 안다. 편집자를 믿지 못하고, 그러면서도 전전긍긍하는 스트레스는 또 편집자에게 전가하는 저자가 세상에 있다는 것을 안다. 좋은 글이 훌륭한 인격을 담보하는 게 아니므로, 귀한 통찰과 유려한 문장 이면의 추악을 목격하는 일은 그야말로 이중의 고난임을 안다. 나의 저자들이 내게 가르쳐주는 파트너십에 그래서 자주 감화를 받는다. 나는 워낙 협업에 에너지를 얻는 사람이 아니다. 혼자 고민하고 혼자 결정해서 혼자 책임지는 게 속편한 타입이다. 하지만 나는 편집자로 일하면서 누군가를 저 너머에 닿게 하려고 '함께 돌다리 놓는 일'의 재미를 알았다.

　새로 나온 책은 편집자에게 먼저 도착한다. 저자가 먼저 보는 일은 없다. 책 만드는 과정 중에 언제가 (그나마?) 제일 좋으냐고 물으면 편집자마다 달리 대답하는데, 나는 내게 먼저 도착한 책을 확인해서 저자에게 증정본을 발송하고, 저자가 그것을 수령하기까지의 사나흘이라고 대답한다. 그때 보통 보도자료가 완성되고 서점들에 신간이 등록된다. 책을 받아 본 독자는 아직 없다. 인터넷 서점에 속속 올라가는 책 소개를 확인하면서 나는 특별한 날을 앞두고 이벤트를 준비하는 연인의 마음이 된다. 책은 여러 사람에게 선물이 될 테지만, 누구보다 그것을 쓴 저자에게 가장 큰 선물이다.

나는 고 며칠, 선물을 보내놓고 오매불망 애태우는 연인이다. 택배 박스가 도착해 열리고, 저자가 처음 책을 집어 드는 순간 그의 얼굴에 피어날 안도와 기쁨, 아쉬움과 두려움을 상상해본다. 세상 수많은 책 중 한 권일지라도 그날은 정녕 저자의 날이라고 나는 생각한다. 세상천지가 사랑이어도 내게 찾아온 사랑이 가장 황홀하듯이. 이 또한 선물하는 사람의 욕심이겠지만 말이다.

공감을 ──────── 의심하다

출판사에서 일하기 전에는 이른바 베스트셀러를 읽을 일이 거의 없었다. 남들 읽는 책은 읽지 않는 무슨 대단한 고급 독자여서가 아니었다. 오프라인 서점에 거의 가지 않고 검색도 잘하지 않는 데다 다독을 못하고 그저 책을 약 삼아 읽었기 때문에 당장 급한 책들이 매번 코앞에 닥쳐 있었다. 지금도 약은 늘 필요하고 기왕이면 많이 먹고 싶지만, 그 약값을 버는 일 중 하나가 베스트셀러를 읽는 거니까 또 상황이 다르다.

잘 팔리는 책들을 놓고 그 이유를 궁금해하다 보면, 사람들은 어떤 글이 '나의 이야기' 같을 때 그것을 좋아하게 된다는 결론에 이를 때가 많다. 그것에 공감하게 될 때 그것을 좋다고 여기는 것이다. 나는 그것이 퍽 의아했다. 왜냐하면 나는 '나 같은 것'은 정말이지 '나 하나로' 몹시 족하고 지겹기 때문이었다. 나는 나를 '낮게'(성장 말고 치료) 하려고 책을 읽는데 질병에 작동하려면 약물은 질병과 맞서야 할 것이고, 그런 상황에서 내게 맞서는 약물에게 공감한다는 것은 기이한 일이 아닐 수 없었다.

잘 팔리는 책들에 몰입하지 못하는 자신을 이리저리 돌아보고 뜯어보다가, 바로 이렇게 꼰대가 되어가나 싶기도 하다. 주로 '솔직한 고백'을 전면적인 콘셉트로 하는 최근의 에세이들을 끝까지 읽기 어려울 때 특히 그렇다. 오해하면 안 된다. 나는 타인의 고백을 듣는 것을 누구보다 좋아한다. 다만 내가 사랑하는 고백은 고백 자체가 구조를 전복할 만큼 불온하거나, 고백의 '톤'이 시처럼 음악처럼 사람을 홀리는 종류에 한해서다. 후자는 문학성 문제일 테니 차라리 판단이 쉬울 수도 있다. 심란한 건 전자다. 글을 쓰는 사람 입장에서야 자신의 일은 충분히 불온하기 때문이다. 하지만 시간이 지나고 나면 우리는 종종 부끄러워 얼굴을 감싼다. 나의 세계에서 벌어지는 일들은 대체로 '나에게나' 백두대간이고 천지개벽이었던 것이다.

솔직함도 그렇다. 솔직함은 분명 미덕이지만, 사람

이 똥을 화장실에서 누는 것은 솔직하지 않아서가 아니다. 자기 안의 찌꺼기를 노출하는 게 소통으로서 의미를 가지려면 그 노출로부터 한두 걸음 나아가는 '무언가'가 있어야 한다고 나는 믿어왔다. 그러니까, '오늘도 곱게 화장을 하고 나선 내가 실은 아침에 변기에 똥을 쌌는데 냄새가 엄청 고약했다. 하지만 사람이라면 다 그런 것이다'에서 끝나면 안 되고, 고약한 똥으로부터 그야말로 개똥철학이라도 끄집어내야 하지 않겠냐는 뜻이다. 역시 꼰대가 이미 되어버린 걸까. 안다. 그래도, 그래도.

물론 누구나 '아무 말'로 잔치를 할 수 있듯이 당연히 글도 쓰고 책도 낼 수 있다. 내게 심란함을 주는 것은 그런 솔직한 고백들을 향한 강 같은 '공감'들이다. 나는 공감을 의심하기 시작했다. 특히 타인의 상처에 공감하는 방식에 대하여. 남의 상처에 얼마나 이입하느냐를 놓고 소위 공감력이 있네 없네 하는 '모종의 분위기'에 대하여.

그 분위기란 자신이 경험한 종류의 상처에만 과몰입하는 형태를 공감이라고 부르는 어떤 흐름이다. 가난의 상처는 가난에만, 배신의 상처는 배신에만, 질병의 상처는 질병에만, 학력의 상처는 학력에만, 군대의 상처는 군대에만, 희롱의 상처는 희롱에만. 이를테면 실연의 상처가 있는 A는 타인의 실연에 '몹시' 공감한다. 함께 울고 분노하고 심지어 전율할 수도 있다. 그러나 A는 '그러느라' 한겨울 난방이 가능한 방 안에서 잠들 수 있다는 조건에는 무심할 수도 있다. 아니, 무심하기 쉽다. 난방이 되지 않는 방에서 잠들어야 하는 누군가에게 공감할 여력을 실연에 다 써버렸기 때문이다. 그러면 실연당한 자에게 A가 느꼈던 것은 공감인가. 까놓고, 자위 아닌가. 아니, 자위가 나쁘다는 것이 아니라.

이쯤에서 차라리 꼰대가 되기를 선택하는 게 나으려나. 동병상련은 진짜 동병에만 상련하는 게 아닙니다, 여러분. '어머, 저건 딱 내 얘기야!'라고 인지하는 데는 어떤 품도 들지 않기 때문이지요. 그리고 어떤 품도 들지 않는 일은 자신을 조금도 '낫게' 하지 않습니다. 꼰대는 모름지기 '나아지려는' 사람이니까요.

실연에 쓸 에너지를 줄여서, 난방 못 하는 집에 갖다 붓도록 하는 것이 좋은 책이라고 나는 생각한다. 공감은 양이 아니라 넓이로 하는 것일 테니까. 그리고 그렇게 나를 넓히는 책을 읽는 데는 필연적으로 품이 든다. 그런 책은 '어머, 딱 내 얘기!'라고 호들갑 떨 기쁨을 주지 않는다. 그런 책은 절대로 '나'의 소중한 상처에 맞장구쳐주지 않기 때문이다. 좋은 책은 말한다.

너의 상처는 너에게나 성역이라고.

잔인한가. 그렇지만 인생보다 잔인한가.

여기까지 쓰다가, 이 글을 '에세이'로 발화하고 있는 나도 참 딱하다 싶다. 언젠가 내게 화살이 되어 돌아오겠지. 잡문을 써서 세상에 내어놓은 저자가 된 이상, 헛된 고백과 공허한 공감에서 자유로울 리 없으므로. 인생은 정말, 거듭 잔인하다.

아무것도 묻지 않고 ──── 살 수 있겠니

　두 종류의 사람이 있다 치자. 굳이 질문하지 않는 사람과 자주 질문하는 사람. 묻는다는 건 모른다는 결핍을 인지하는 데서 비롯된다. 거기에 '모르고 싶지 않다'는 의지가 보태지면 질문이 태어난다. 오해하지 말아야 한다. 자주 질문한다고 해서 자주 답을 구할 수 있지는 않다. 질문하지 않고는 못 배기는 부류가 알고자 하는 것은 수학 문제가 아니다. 나 같은 건 왜 태어났는가? 죽은 자들은 다 어디에 있는가? 왜 너를 사랑해서 이 고생인가? 근데 저 인간은 도대체 왜 저러는가? 세상은 왜 늘 이 모양인가? 왜 나는 '너'가 아니고 하필 나인가…? 보통 중학교 2학년

때 여드름과 함께 솟아나기 시작하는 이런 물음을 유통기한이 한참 지나도 버리지 못하는 사람들이 꽤 있다. 이들을 '질문중독자'라고 나는 불렀다. 물론 나 또한 어쩌다 내가 질문에 중독되었는지 모른다.

질문중독자들이 많이 모이는 곳이 문과대학이다. 역사나 철학도 있지만 문학이야말로 답이 없는, 어쩌면 질문 자체가 목적인 학문이므로 나는 기꺼이 끌려들어 갔다.

'문송한' 나의 학우들은 무엇 하나 편히 지나치지 못했다. 자신이 삶이 스스로 설득되지 않아 자꾸 '왜?'를 붙들었다. 물론 '왜'를 붙잡는다고 해서 꼭 누가 대답해주지 않는다는 것은 알지만, 뭐 하나 뾰족하게 설명되지 않는 세계에 순응하는 대신 '왜'의 소용돌이, 즉 자신만의 우주에 머무는 편을 택했다. 보통의 사람들이 지니는 사회적 목적이 없으므로 그것을 달성하기 위해 노력하기는커녕 적극적으로 거절했다. 그것이 바로 (밖에서 봤을 때) 그들이 인생을 '탕탕' 탕진하는 것으로 보일 수 있는 요인이다. 허약하고 불안하며 자기 자신을 건디는 것만으로도 하루 치의 에너지가 바닥나는 사람들. 두말할 것 없이 마음 한 구석을 '다자이 오사무'의 방으로 할애한 사람들. 나는 이들이 좋았다. 적어도 이들은 내게 "그런 걸 뭐하러 궁금해해?"라고 묻지 않았기 때문이다.

어차피 자신 안에 존재했기 때문에 일상의 사소한 자극으로도 그들은 우주를 창조할 수 있었다. 지구가 태양을 돌듯 나는 그들을 공전했다. 그러다 친구나 연인이 되기도 했다. 그들의 삶에 끼어드는 순간 그들은 나를 '우주적으로' 찬미해주었다. 시를 써주고 노래를 불러주었다. 비루하고 지루한 일상에서 그보다 황홀한 일은 많지 않았다. 우리는 현실에 다치기 싫어 서로를 껴안고, 세상에 지기 싫어 속물들을 비웃었다.

그러나 우주를 창조할 수 있는 에너지는 우주를 파괴할 수 있는 에너지로도 쉽게 치환되었다. 그들은 우연히 자신의 우주가 훼손되는 사고를 당할 때마다 우주 자체를 맹렬히 부정해버렸다. 마치 붓질 한번 엇나가면 그림을 쫙쫙 찢어버리는 화가처럼. 물론 내게도 그런 면이 있었다. 망친 상태에서 덧칠을 시작할 수 있는 용기가 없었다. 주변에 온통 완성 못 한 그림들이 찢겨 나뒹굴었다. 친구, 연인으로 묶였던 우주들이 조각났다. 그러다 A를 만났다.

질문중독자의 입장에서 A는 충분한 속물이었다. 삶에 이의를 제기하지 않았다. 멈춰 질문하지 않았고 따라서 창조하지 않았다. 내적 우주의 절대자 같은 건, 될 생각도 없어 보였다. 눈을 뜨면 하루를 살았고 이튿날 또 하루가 생기면 다시 꾸준히 일상을 운전하는 사람이었다. 길이 굽으면 회전을 했고 오르막이 보이면 액셀을 밟았다. 졸음을 쫓기 위해 껌을 씹고 길고양이를 다치게 하지 않으려 브레이크를 밟았다. 조금 더 싼 주유소를 찾아가 기름을 넣었고 이따금 세차를 한 뒤 비가 오지 않기를 바랐다. 그와 나 사이에는 명백한 벽이 실재했다. 그는 나를 우주적으로 찬미해준 적도, 시를 써주거나 노래를 불러준 적도 없었다. 내가 또다시 나를, 나로 태어남을, 나로 살아감을 자책할 때 그는 공감하지 못했다. 일부러 모른 척하는 게 아니라 '진심으로' 이해하지 못할 뿐이었다. 나는 쏘아붙였다. "넌 내가 오늘 밤 죽어도 내일 출근은 하고 나서 장례식에 올 거야."

다른 운전자들과 조화를 이루어 운전하는 것이 나를 태우고 들판을 질주하는 것보다 그에게는 중요했다. "운전은 너무 지겨워, 난 태양이 녹아드는 벼랑 끝으로 차를 몰 거야." 잊을 만하면 한 번씩 함부로 일상을 내던지려는 나를 옆에 두고도 그는 바르게 주차했다. 그리고 이튿날 다시 운전했다. 그는 결정적으로, 교통사고가 나도 절망하지 않았다. 보험사를 부르고 몇 가지 번거로운 일을 처리한 뒤 오늘은 재수가 없다고 잠깐 속상해하면 되었다. 차가 긁히면 차를 부수어야만 하는 사람들을 사랑해왔던 나는, 그의 '아무렇지도 않음'에 매혹되기 시작했다.

없던 길을 내는 사람은 아니지만 어떤 길이든 완주할 수 있는 사람만의 아름다움이었다. 비포장도로에서 차가 흙먼지에 휩싸여도, 극심한 교통체증으로 시내 한복판에서 몇 시간을 꼼짝 못 해도 그는 스스로를 궁지에 몰지 않았다. 길에 침을 뱉지도, 가로수를 들이받지도 않았다. "도대체 어떻게, 살면서 단 한 번도 죽고 싶었던 적이 없을 수가 있어?" 도무지 동요하지 않는 그에게 와락 짜증이 나서 물었을 때 그는 웃고 넘겼지만 나는 상상하곤 한다. 그는 아마 속으로 대답했을 것이다. "어차피 다 한 번씩 죽는데 뭐하러 미리."

여전히 나는 질문중독자들을 사랑한다. 아직도 마음 한쪽에서 다자이 오사무가 방을 빼지 않은 것을 이제는 티도 못 내고, 꾸역꾸역 어른 행세를 하며 걸어가는 그들은 여전히 나의 징글맞고 애틋한 친구다. 다만 나는 그들이 또다시 화폭을 찢어발기려 할 때, 나를 사로잡았던 A의 모습에 대하여 조금이라도 들려주고 싶다. 나는 그동안 A를 닮기 위해 나름대로 노력해왔는데 너도 한번 해보겠느냐고, 성과가 있었는지 확신할 수는 없지만 나는 이제 적어도 하나의 엇나간 붓질 때문에 그림을 찢어버리지는 않게 되었다고 말해주고 싶다. 공허한 질문에 괴로워질 때면 일단 오늘 하루만 천천히 운전해보기로 한다. 대단한 애를 쓰지 않아도 그 조용한 관성이 이튿날 눈을 떠 또다시 시동을 거는 힘이 된다. 그렇게 많은 하루가 쌓인 어느 무심한 날에 나는 아주 오랜만에 나에게 물어볼 것이다. 이제 드디어, 아무것도 묻지 않고 살 수 있겠느냐고.

▲ ● ◆

책임감에 대해 생각하고 있다. "제가 그 일에 나서야 할까요?"라는 물음에 오랫동안 신뢰해온 분이 말씀하셨다. "나서서 해결할 자신이 있나요?" 나는 아니라고 대답했다. "그러면 왜 나서려고 하나요?" 나는 망설이다가 해결은 못하더라도 나서야 할 책임이 내게 있는 것 같다고 대답했다. 그분이 다시 말씀하셨다. "나서지 않으면 우리나라 법에 위반되나요?"

물론 그렇지 않다. 내가 '그 일'을 하지 않는 것은 세금을 내지 않는 것과는 다르다. 해결할 수도 없고, 해결하지 않는다고 경찰이 출동하는 것도 아니다. 나는 단지 '하는 척이라도 해야 할 것 같다'는 이유로 죄책감을 느꼈던 것이다. 스스로 책임감이 강한 편이라고 생각해왔는데 요사이 인생을 통째로 돌아보는 중이다. 나는 책임져 왔던 게 아니라 '면책의 위로'를 받고 싶었을 뿐이었다.

정신의 ——————————— 다락방

'다나까' 체를 명료하게 구사하고 싶다. 이메일에서 말고, 일상의 말하기에서 "제가 하겠습니다"라든가 "검토해보셨습니까"라든가 "만나서 반가웠습니다"와 같은 말을 쓰고 싶다. 하지만 내 입에서는 "제가 할게요", "검토해보셨어요?", "만나서 반가웠어요"라는 문장이 튀어나온다. 억지로 다나까 체를 구사해봐야 내가 원하는 맑고 견고한 느낌은커녕 낯선 대본을 읽는 '발연기' 전문 배우의 딕션이 나올 뿐이다.

다나까 체를 불운한 이등병이나, 제 잘난 맛에 사는 기자나, 야심 가득한 고위공직자의 참모처럼 각 잡고 쓰고 싶은 건 아니다. 그런 다나까 체에는 군내 나는 결기와 은폐되지 않는 피로가 느껴진다. 내가 구사하고 싶은 다나까 체는 상대방이 아니라 나를 위한 것이다. 내가 소용되는 상황에 있을 때 보다 정형적인 말투를 사용함으로써, 소용되지 않는 상황에 있을 때는 더욱 뚜렷이 방만해지기를 바란다. 더 누그러지고, 더 산란해지기를 바란다. 그 낙차를 벌리는 일이 내가 도모할 수 있는 최선의 자유다.

삶의 다각마다 낙차를 둘 수 없을 때 나는 불행하다고 느낀다. 사무직 노동자인 나를 집에 데려가고 싶지 않으며, 책 만드는 나를 가족 모임에 데려가고 싶지 않다. 물론 무엇보다, 아내이고 딸이고 며느리인 나를 나의 서재에 데려가고 싶지 않다. 어떤 때의 내가 더 행복하고 덜 행복하냐를 떠나서, 나에겐 낙차 자체가 필요하다. 현실적인 기능을 하는 정신과 비현실적인 기능을 하는 정신 사이를, 원하는 때에 원하는 만큼 오갈 수 있는 일종의 컨트롤러가 있다는 느낌이 즐겁다.

관계를 맺고 그 안에서 역할을 수행하는 것이 정신의 현실적인 기능이라면, 관계로부터 파생하는 모든 책임에서 달아나는 것이 정신의 비현실적 기능이라고 나는 생각한다. 전자만 비대한 사람은 재미가 없고 후자만 비대한 사람은 재수가 없다. 타고나기를 후자가 비대한 나의 경우, 타인에게 재수없는 짓을 덜하기 위해서는 전자를 발달시키기 위한 청춘의 분투가 있어야 했다. 얼마나 성공적이었는지는 모르겠다. 지금까지 투옥이나 감금의 경험은 없었으니 이만하면 대견하다는 생각은 하고 있다.

그렇다고 해서 누구에게도 이해받을 수 없지만 나 스스로 분명히 욕망하고 있는 무언가를 외면하고 사는 것은 불가능하다. 아니, 불행하다. 그러므로 비현실적 기능 쪽으로 돌릴 정신의 컨트롤러가 몹시 소중하다. 나는 이쪽 방향을 '정신의 다락방'이라고 부른다. 나의 다락방은 무례하고, 음란하고, 이기적이다. 비협조적이고, 반사회적이며, 불가역적이다. 다락방 안에 있는 것들을 응시할 때 과거에는 죄책감을 느꼈지만 이제는 그러지 않는다. 다락방은 다락방으로서 안전하다는 걸 안다. 오랜 분투 덕에 꽤 훌륭한 컨트롤러가 생겼으므로 나는 다락방에서 마음을 놓고 난장을 친다.

다락방에서 난장을 치는 일과, 다락방 밖에서 다나까체를 구사하는 일은 결국 다르지 않다. 낙차 속에서 기쁨을 느끼며 나는 삶을 추동한다. 재미없지도 재수없지도 않은 사람이 되려고 한다. 내가 바라는 모습이 되기 위해 애쓰고 그에 가까워지는 걸 느끼기 위해 인간은 굳이 살아가는 것일 테니까. 그래서 정말로 언젠가 그렇게 되면, 재미없는 사람들에게 혀를 차고, 재수없는 사람들에게 침을 뱉어주고 싶다. 물론 다락방에서.

날마다 ——————————— 나가리

경험은 책과 비슷하다는 생각을 한다. 많으면 좋다고들 하지만, 없는 게 나을 때도 있다. 오래전부터 책을 좋아했고 몇 년 사이 그걸 업으로 하면서, 차라리 책 안 읽는 게 주변에 무해할 것 같은 사람들을 종종 보게 된다. 자기 생각을 지지하는 책만 읽거나 무슨 책을 읽어도 자기 생각을 지지하는 쪽으로 해석해버리는 사람들. 그 많은 책이 다만 제 신념의 아군이다.

경험도 그렇다. 경험이 인간의 시야를 넓혀준다고들 하지만 인간은 경험에 쉽게 갇히기도 한다. 시야 자체가 경험자의 한계에서 재구성되기 때문이다. 재구성을 하는 중에 제 신념의 아군을 모집하려는 유혹을 떨치기 어렵다. 그 부작용 중 하나가 알다시피 전 국가적으로 치러낸 "내가 해봐서 아는데"의 고통이었다.

살아온 시간이 축적되면서 긍정적이든 부정적이든 경험(했다고 판단되는 일)은 많아진다. 그중 몇몇 경험은 유난히 공정하지 못하여, 무방비의 인간을 말미도 없이 집어삼킨다. 나의 경우에는 매일, 정말 단 하루도 빠짐없이 매일, '어떤' 경험과 싸운다. 이기려는 목적이 있지 않으니 싸움이라는 표현이 적절하지 않을 수도 있다. 하지만 그 경험이 환기되는 순간마다, 그 경험과 얽힌 모든 상황과 사람과 조건을 대면하는 일에 '투쟁'이라는 단어 말고 다른 무엇을 붙여야 할지 모르겠다. 환기하지 않는 쪽도 어차피 마찬가지다. 굳이 외면하려는 노력 자체가 이미 투쟁이기 때문이다.

내가 날마다 싸우는 그 경험은 현재의 내가 어떤 행동을 하게 하거나, 하지 못하게 한다. 과거에 그랬으니 이젠 그러지 말아야 한다거나 반대로 과거에 그랬으니 이번에도 그래야 한다는 식으로 나의 판단에 관여한다. 여기서 이중의 투쟁이 요구된다. 오늘도 그 '경험을 아는 몸' 속에서 살 수밖에 없는 것이 일차 투쟁이라면, 이차 투쟁은 그 경험을 공중에 띄우는 거다. 나의 몸 밖으로. 당연히 '실제로' 띄울 수 있는 건 아니다. 잠시나마 띄운 채로, 나와 거리를 두고, 그것을 수백 수천 수만 번째 재구성 하는 것이다. 재구성을 반복하지 않으면 어제의 구성 안에서 오늘을 살아야 한다. 이전 상태에 지속력을 주면, 그 버전은 세를 불려 나를 가둘 확률이 커진다. 그러므로 수백 수천 번째의 재구성은 사실 재구성이 아니라 해체다. 경험의 부유물을 희석하는 일이다.

나는 그 경험뿐 아니라 다른 어떤 경험에도 갇히고 싶지 않다. 정확히 말하면 '최소한으로' 갇히고 싶다. 나의 경험들이 '지금' 내가 닿으려는 하늘, 디디려는 땅에 대하여 이러쿵저러쿵 훈수 두기를 원하지 않는다. 경험이 '새겨진다'는 면에서 모든 경험은 일종의 상흔이다. 내가 할 일은 상흔의 화투판을 뒤집어엎어 날마다 나가리로 만드는 것이다. 내 자유를 보전하면서, 주변에 덜 유해한 존재로 나이 드는 방법은 아직 그것밖에 찾지 못했다.

4

세상은 생각보다

너그러울지도

시나리오가 왜 이 따위인지 —— 모르겠지만

    어릴 때부터 사람이 많이 모인 장소에 가는 걸 좋아하지 않았던 이유는 그들에게 매달린 이야기가 한꺼번에 나를 짓누른다는 느낌 때문이었다. 우르르 횡단보도를 건널 때, 지금 이 차로에 함께 발을 들인 사람들 중에 어젯밤 몇 명이나 울었을까, 지난주에 버림받은 사람은 누굴까, 한 달 전쯤 나쁜 병에 걸려 야위어가는 사람은 몇 명일까, 1년도 넘게 빚쟁이에게 쫓기는 중인 사람은, 아니면 그 빚쟁이를 숨겨주는 중인 사람은, 그것도 아니면 빚쟁이에게 쫓기다 연락이 두절된 가족의 생사를 몇 년째 모르는 사람은, 저기 저 사람일까 거기 그 사람일까.

서사를 상상하는 버릇. 놀이터 그네에 앉아 발부리로 모래를 긁으며, 나는 뭔가 좀 부담스럽다고 생각했다. 멸치나 당근으로 태어나지 않고 사람으로 태어나는 바람에 자꾸자꾸 무슨 일이 일어난다는 것이. 멸치나 당근에게도 무슨 일이 일어나지 않는 것은 아니지만, 멸치나 당근은 그 일들에 맞서 무엇을 해야 할 의무나 의지가 없다. 하지만 사람은, 그래서 나는, 그래서 저기 저 언니와 오빠는, 선생님과 아줌마는, 망태할아버지와 가수와 과학자는, 매일매일 생기는 일에 '대항'하여 어떤 행동을 해야만 하고, 그 행동에 따라 또 이튿날에 다른 일이 생겨나며 그렇게 하루하루 달라지는 이야기를 평생 쌓아가야 하는 것이었다. 평생, 예고편도 없이.

무언가 지나치게 거대하다는 느낌과 몹시 귀찮다는 느낌, 별로 자신이 없다는 느낌이 뒤섞였다. 물론 울고 쫓기는 이야기만 있으란 법 없고, 웃기고 신나는 이야기도 있다는 걸 함께 짐작할 수 있었지만 중요한 건 '쌓인다는 것'이었다. 어쨌거나 사람은 매일 아침 챙기는 책가방처럼, 자기가 살아온 시간만큼의 이야기를 주렁주렁 메고 하루를 시작해야 한다는 점이 멸치나 당근과는 달랐다. '무거워서 어떻게 살지?' 근심이 찾아왔다. 나는 아직 어린이라 많이 쌓이지 않아서 그럭저럭 견딜 만하지만 저기 저 언니와 오빠는, 선생님과 아줌마는, 망태할아버지와 가수와 과학자는? 도대체 다들 어떻게 사는 거지? 엄청 무거울 텐데?

무겁더라. 무겁긴 무겁다. 어린아이였던 그때보다는 확실히 많은 이야기들이 더해졌다. 어떻게 살아왔느냐를 떠나, 일단 '살아'왔으니 당연한 일이다. 노인들이 괜히, 내 인생을 책으로 쓰면 몇십 권이여, 가슴을 탕탕 치는 게 아니다. 인생이라는 서사에 주인공을 덜컥 맡아서, 단 하루도 미리 도착한 적 없는 시나리오 속에서 이리 치이고 저리 치이느라 무겁고 또 무겁다. 다만 무거워도 죽지 않을 수 있는 이유를 이제는 안다. 자기 이야기를 '편집'하기 때문이다. 어릴 때 근심했던 것처럼 그냥 막무가내로 쌓이는 이야기에 깔려 죽는 것이 아니다.

시나리오는 비록 왜 미리 안 주는지 모르겠고 누가 썼길래 이 따위인지도 모르겠지만, 적어도 편집권은 '어느 정도' 나에게 있다. 누구나 자신의 (무거운) 서사 속에 살되, 그것의 편집본 속에 산다. 10년 전의 편집본에 기대어 5년 전의 편집본이 만들어졌고, 그 5년 전의 편집본을 토대로 2019년의 편집본을 지금 이 순간에도 열심히 가위질하고 있다. 그렇게 생각하면, 정말로 무거워서 부담스러운 것은 서사 자체가 아니다. 나의 에디터십이다. 쌓여온 시간을 도대체 어떻게 편집할 것인가.

누구는 저에게 유리했던 부분만 뽑아 기괴한 정신승리의 자기계발서를 만들어내고, 누구는 저에게 불리했던 부분만 뽑아 기괴하게 피로한 신파극을 만들어낸다. 전자든 후자든 재미없는 이야기임은 분명한데, 이야기와 이야기가 충돌하며 빚어지는 게 인간관계이다 보니, 에디터십이 현저히 부족한 사람은 본의 아니게(?) 타인에게 고통을 주기도 한다. 형편없이 편집된 이야기를 누가 읽고 싶겠는가. 근데 막 읽으란다. 날 사랑하면 읽어줘야지! 읽어보면 재밌어!

울창한 서사를 명민하게 편집하며 살아가는 사람을 만나면, 그래서 덩달아 나도 계속 살아가고 싶어진다. 저이에게 도착한 시나리오와 내 시나리오가 생판 다르겠지만 저이의 에디터십을 배우면 내 각본도 좀 나아지겠지, 생각한다. 무례한 자기계발서나 퇴행적 신파극의 유혹을 떨치고 그래도 읽을 만한, 쓰레기는 아닌 이야기로 당신에게 가닿을 수 있겠지. 그래서 '우리'는 조금은 덜 두려워하며 남은 이야기들도 의젓하게 받아들일 수 있겠지. 그러고 보면 자기 인생의 유능한 에디터들은 타인까지 살리는 셈이다. 에디터십에 축복을.

천국과 지옥 사이 ——————— 어디쯤

"나도 한 번밖에 결혼한 적이 없어서 자세한 것은 잘 모르지만, 결혼이라는 것은 좋을 때는 아주 좋습니다. 별로 좋지 않을 때는 나는 늘 뭔가 딴생각을 떠올리려 합니다. 그렇지만 좋을 때는 아주 좋습니다."《무라카미 하루키 잡문집》) 결혼에 대한 잠언은 참 많지만 무라카미 하루키의 저 말을 특히 좋아한다. 나도 한 번밖에 결혼해보지 못해서 자세한 것은 잘 모르지만, 별로 좋지 않을 때마다 저 말이 떠오르는 걸 보면.

　　결혼하려는 사정은 저마다 달라서, 결혼을 계획하는 이에게 무언가 도움이 될 만한 말을 하기는 쉽지 않다. 사실은 불가능하다고 생각한다. 사랑에 빠지는 과정을 설명하기 어렵듯 누군가와 느닷없이 (법적·사회적으로 묶여) 같이 살기로 결정하는 일 또한 각자의 맥락이 너무 다단하다. 다만 최근에 결혼을 고민하는 젊은 친구의 까닭을 듣다가 별로 망설이지 않고 "그래 그럼 그냥 해"라고 주제넘게 대답해버렸다. 그가 "외로운 것보다는 괴로운 게 나을 것 같다"고 했기 때문이다. 우리가 나눴던 수많은 대화의 배경 속에서 나는 그가 외로움보다 괴로움을 택하는 이유를 헤아릴 수 있었다. 물론 그가 말하는 외로움과 괴로움의 정의도 어느 정도 가늠할 수 있었다. 그러므로 결혼한다고 해서 외롭지 않은 건 아니라는 냉소 따위는 부질없었다.

나는 그가 결혼해서 '괴롭더라도 외롭지 않기'를 진심으로 바란다. 그리고 그 친구라면 그럴 수 있다고 믿는 것이, 결혼이 현재 삶의 어떤 조건들을 '낫게' 하는 행위가 아니라 다만 교환하는 행위(괴로움↔외로움)라는 걸 (하기도 전에) 이미 알고 있다면 뭐, 크게 걱정하지 않아도 될 것 같다. 나는 결혼 전에 짐작이나 했던가. 누군가와 함께 사는 것이 그를 데려오는 대신 나를 도려내는 일이라는 걸.

다들 그렇듯, 우리 부부도 '아주 좋을 때는' 유아적인 포즈로 애정을 주고받는다. "우리 윤주 괴롭히는 것들은 싹 다 지옥에 가야 해!" 어느 날 밤의 뻔하고 달콤한 '필로

우 토크 pillow talk' 중에 남편이 말했다. 나는 '잉잉' 우는 시늉을 한다. 그럴 때 우리는 서로의 얇은 티셔츠 속에 손을 넣어 엄마곰처럼 배를 문지르고, 익숙한 체취를 확인하려는 아기새처럼 목덜미에 코를 묻고, 틈틈이 깔깔대며 콧구멍과 앞니와 턱살 따위를 놀려준다. 밤은 반드시 깊어가고. 먼저 졸던 남편이 눈을 반쯤 감은 채 말했다.

"그럼 나는 지옥에 가려나, 천국에 가려나…."

지금까지 살면서 가장 충만했던 순간이 결혼에 있었고 가장 구차했던 순간이 결혼에 있었다. 가장 크게 웃었던 순간, 가장 크게 울었던 순간도 결혼하지 않았다면 없었을 일이었다. 결혼은 '좋을 때는' 파트너와 나를 두르고 있는 담장이 너무 아늑하고 미더워 세상 무서울 게 없는 상태이고, '별로 좋지 않을 때는' 이 담장 안에서 일어난 심란한 역사를 도무지 담장 밖으로 설명할 길이 없어서 세상 무력한 상태다. 그러니 결혼은 내가 저 인간을 천국에 보낼지 지옥에 보낼지 알 길 없음은 물론이요, 나 또한 저 인간으로 하여금 천국에 갈지 지옥에 갈지 영문을 모르겠는 상태이기도 하다.

나는 이미 결혼해버렸고, 외로움보다는 괴로움을 택하겠다던 친구처럼 결혼 전에 나 자신을 어림잡아보지 못했다. '결혼한 상태'로 살아가면서 나의 내구성이 외로움에 강한지 괴로움에 강한지 견주어보는 것은 불가능하다. 하지만 그렇게 따지면 '결혼하지 않은 상태'에서도 마찬가지다. 인간은 두 가지 삶을 한꺼번에 살 수 없으므로 지금 내가 빠진 우물 저편을 그저 상상할 뿐이다. 그냥 해보거나, 하지 않는 방법밖에 없다. 삶의 다른 모든 일들처럼.

다만 일단은 괴로움을 선택한 친구에게, 아직 내 담장이 무너지지 않은 이유 하나는 들려줄 수 있다. 내가 도려내지는 순간 나는 함께 떨어지는 상대의 살점을 줍는다. 우리가 속절없이 서로를 벨 때, 나의 살점은 그가 앓고 그의 살점은 내가 앓는다. 아마 그게 우리가 외로움 대신, 담장 안에서 함께 울기를 선택한 이유일 것 같다.

순간의 ——————————————— 순정

　사랑하라고, 아무도 등 떠밀지 않았다는 데서 환희와 비극은 함께 동튼다. 아무도 우리에게 그토록 불합리하고 무의식적이며 비논리적인 일에 뛰어들라고 강요하지 않았다. 그런 뜻에서 "내 사랑을 받아줘"라는 말처럼 아이러니한 문장도 없다. 마치 뭘 주겠다는 것처럼 들리지만 상대가 받든 말든 사랑은 이미 제 멋대로 하고 있는 것이다. 사실 내가 너를 사랑하니 너도 날 사랑했으면 좋겠다고, 우리는 '희망'할 수 있을 뿐이다.

　운 좋게도 희망이 실현됐을 때 폭죽이 터지고 축제는 시작된다. 당신과 나 사이에 사랑의 교류가 원활하다는 믿음이 불어난다. 책임과 신뢰를 마구 담보하기 시작하더니 급기야 영원을 약속한다. 양보와 희생은 영원으로 나아가기 위한 제일의 미덕이다. 그런데 여기서부터 뭔가 이상하다. 나는 이만큼 하는데 당신은 그만큼 안 하는 것 같다. 실망한다. 서운하다. 싸운다. 서럽다. 포기하거나 체념하기도 한다. 지친다. 지겹다. 이윽고 나, 또는 당신이 헤어지자고 한다.

이별이 성사되는 때야말로 이 지랄맞은 사랑을 내게 시킨 사람이 천하에 아무도 없다는 사실을 완벽히 망각하는, 몽매의 클라이맥스다. 네가 어떻게 그럴 수 있어, 나한테 어떻게 이럴 수 있어, 사랑이 어떻게 변하니, 사람이 어떻게 그래…. 우리의 강 같은 사랑에 '어떻게how'의 녹조가 뒤덮인다.

이쯤에서 '순정'이 소환된다. 우리의 순정은 어디서 분해된 거지? 도대체 영문을 알 수 없는 노릇이다. 왜 우리는 영원까지 완주하지 못하나.

내.가.너.를.얼.마.나.사.랑.했.는.데.

진짜로 '죽을 때까지 하는 사랑'이 없지 않다는 걸 안다. 그런 걸 대개 순정이라 하는 듯하다. 하지만 순정이란 것도 순정을 주고받는 데 별 장애가 없는 '환경'에서 발생하기 쉬울 터인데, 우리의 한철 사랑은 과연 그보다 덜 순정해서 순정에 실패했을까? 순정을 유지할 자원이 풍부한 두 사람이 만나, 마침 별다른 재앙 없이 살다 보면 님아 그 강을 건너지 말라며 옷고름에 눈물 훔칠 수도 있지만, 그러한 '해로'만을 사랑의 완결이라고 보는 건 아이러니다. 오래 하는 섹스가 최고라는 말밖에 안 된다.

그러니 도처에 피어나는 지극한 사랑의 '순간'을 나는 숭배하지 않을 수 없다. 현재진행형인 모든 설렘과 망설임, 속삭임, 그리움, 원망, 용서, 고백과 눈물, 그 조각들이 하나도 빠짐없이 곡진하다. 누가 그 진심의 '영원하지 않음'을 탓할 것인가.

'아이 러브 유I love you' 수천 번 외쳐도 '노 땡큐No, Thank you'면 그만인 사랑의 운명. 모든 사랑은 짝사랑이다. 짝사랑 두 줄기가 우연히 스치고 엉켜 나를 압도해주길 고대할 뿐. 전적으로 불합리하고 무의식적이며 비논리적인, 한순간의 황홀을 쥐고 허구한 날들의 권태를 나는 견딘다.

역설적으로 그때 나는 군이 영원을 걸기도 한다. 거짓말이지만 반드시 거짓말은 아니다. 날이 밝으면 사라질 영원에 속삭이는 세레나데. 곧 스러질 순간의 희열에 충성하는 레토릭. 이를테면 당신을 어루만지며 난생처음으로 아이를 낳고 싶다고 생각하는 것이다.

네 아이를 내 몸으로 낳고 싶어. 하지만 배가 불러오기 전에 이별을 통보해야지. 너의 아이를 정성 들여 키울 거야. 너에겐 영원히 비밀로. 그건 우리가 사랑했던 순간이 불멸할 수 있는 궁극의 방법이니까. 네가 기껏 간직할 수 있는 기억의 파편이나 사진 쪼가리와는 비교할 수 없는 실체로, 너는 나에게 새겨지니까.

그렇지만, 알지? 내가 너의 아이를 낳을 일은 결코 없다는 거. 이건 '너를 지금 너무 사랑해서 어찌할 바를 모르겠음'의 다른 말일 뿐이야.

▲ ● ◆

시간이 흐르자 신념은 퇴락했다. 한때 영혼의, 이를테면 척추 같았던 꿈과 이상, 선과 아름다움의 국경, 내면을 정돈하는 호루라기, 뭐 하나 살아남은 게 없다. '절대로'를 붙이는 말버릇도 함께 사라졌다. '절대로 안 하겠어', '절대로 그럴 리 없어', '절대로 그러면 안 돼'와 같은 말을 주저하게 되었다. 하지만 주저함으로써 떳떳해졌다. 절대로 나는 당신을 비평할 수 없기 때문에.

억척스럽지 않아도 ——————— 될까

이런저런 이야기를 하던 중에 친구가 "윤주는 억척
스러운 데가 있어서"라고 말해서 귀를 의심했다. 나는 '억
척스럽지 못하다'는 콤플렉스가 있기 때문이다. 내가 불이
익이 뻔한 상황에서도 악다구니 한번 못 쓰는 인간이라는
걸 누구보다 잘 아는 친구다. 생에 누적해온 각종 '호구'
짓을 고스란히 지켜봤으며, 호구로서 오열하며 잠들던 모
든 밤에 나보다 더 근심해준 사람이면서.

억척스러움이 부족한 채로 이래저래 죽지 않고 살아
왔다는 것은 이래저래 비빌 언덕이 있어왔다는 뜻이 된다.
나는 그게 부끄러웠다. 언덕이라고 다 나쁘지야 않겠지만,

내가 직접 흙을 퍼다 올렸다면 모를까, 자랑은 아닌 것이다. 언덕의 종류가 무어든 간에.

억척스럽지 않으면, 억척스럽지 않고서는 생존 자체가 흔들릴지도 모르는 상황을 회피하게 되는데, 피한다고 피해지는 것도 운이고 피하지 못할 때 나를 대리해줄 누군가가 있다는 것도 운이다. 운이 내 몫인가? 모르겠다. 하지만 '억세게 좋은 운'을 제 자랑으로 삼는 사람이 멍청해 보이는 건 사실이고, 나는 억척스럽지 못한 주제에 멍청함까지 보태고 싶지는 않다. 그래서 내가 할 수 있었던 것은 억척스러움이 계발될 수 없었던 환경을 떳떳하게 여기지 않으면서 억척스러움이 필요할 때 도움을 요청하는 것뿐이었다(이를테면 옷가게에 환불받으러 가는 것. 농담이다. 아니, 사실 몹시 진심).

얌전히 학교를 다닌 탓에 냉난방이 가동하는 공간에서 책상을 떠나지 않는 일들을 하게 됐는데 딱히 무얼 생산하는지는 잘 모르겠고, 그렇다고 어마어마한 지식노동을 하는 것도 아닌 날들이 쌓이며 콤플렉스는 단단해졌다. 초기 화이트칼라를 두고 사람이 일을 하면서 어찌 몸에 검댕이나 기름때가 묻지 않을 수 있냐며 조소했던 어떤 블루칼라가 머릿속 한구석에 숨어 '어찌 됐거나 넌 한낱 책상물림일 뿐'이라고 끊임없이 일깨워주는 듯. 심지어 '생산할 수도 있는 조건에서' 출산마저 거부했으니, 거둬주는 이가 없으면 바로 죽어버리는 생명체의 배를 채워주거나 똥을 치워주는 일로써 존재감을 회복하지도 못했다.

알지 못하는 세계를 철없이 낭만화하는 것이 아니다. 어리지 않은 나이에 느닷없이 출판 편집이라는 일을 시작하고 나서, 고백건대 내게 생긴 은밀한 위안은 책의 순전한 '물성'이다. 누군가의 목소리를 활자로 유통하여 세상에 이로움(?)을 더하겠다는 야심은 편집자로서의 나를 고무할 수는 있어도 자연인으로서의 나를 떳떳하게 하지는 못한다. 한 번씩 손에 잡히는 네모난 물건이 눈앞에 도착할 때, 물론 대부분의 시간을 전형적인 책상물림으로 보낼지언정, 나는 가까스로 실감할 수 있다. 아, 내가 무얼 만들긴 만들었다. 무게가 있고, 냄새가 난다!

그러니 불 앞에서 먹을 것을 만들어낸다든지 고장 난 자전거를 해체하여 수리한다든지 물건의 자리를 옮긴다든지, 무언가 구체적인 결과물을 머리 말고 몸으로써 구현하는 일들이 '진짜'라는 느낌은, 내게는 앞뒤가 없는 원시의 감각 같은 것이다. 그리고 그 '진짜'들은 대체로 제 삶에 대적하기 충분한 억척스러움을 가지고 있는 듯했다. 고로 그렇지 않은 나는 나를 위협하는 삶에 언제라도 "그래 내가 졌어"라고 말한 다음 주저앉아 버릴 인간이었고, 내가 나를 믿지 못한다는 것은 나이가 들수록 더욱더 불쾌한 일이고. 나는 왜 억척스럽지 않을까 이제 와서 고민해봐야 돌이키기 어려운 일들은 점점 많아지고. 이 모든 우울질 또한 억척스럽지 못한 탓인 것 같고.

하지만 그날 친구는 내가 비록 심약하고 열정적이지 않으며 울기에 빠질 때가 있지만 '그럼에도 불구하고' 자립심이 강해서 그걸 충족하(려)는 생활력을 끊임없이 추동하고 있다고, 그건 충분히 억척스러운 일이라고 말했다. 나는 좀 혼란스럽다가 문득 내가 동경하는 '억척스러운 인간'이 구체적으로 어떤 캐릭터인지 스스로 설득력 있게 그려낼 수 없다는 걸 깨달았다. 억척스러운 게 뭐지. 내게 부족한 억척스러움이란 뭐지. 왜 나는 정확히 뭔지도 모르는 '내게 없는 것'에 대한 자학과, 내가 (비교적 멀쩡히) 해내고 있는 일들에 대한 '삐-! 기준 미달!' 통보를 반복하는 거지?

억척스럽지 못했기에 늘 여기저기 걱정을 끼치며 살아왔다고 생각했다. 걱정해주는 사람들이 내게는 '비빌 언덕'이었던 셈이다. 사람이 사람을 걱정해주는 일이 세상을 함께 살아가면서 있을 수 있는, 너무나 자연스러운 일이라는 건 외면해왔다. 그 누구도 걱정시키지 말아야 해, 타인에게 도움을 구하는 것은 민폐야, 성인이라면 스스로 처리해야지, 나는 엄살이 심해, 왜냐하면 억척스럽지 못하니까,

억척스러움을 길러야 해. 매사 이런 식으로 나를 채찍질하는 습관은 (그럼으로써 조금 억척스러워지는 데 얼마나 도움이 되었는지는 모르겠으나) 그 자학적인 태도에 딸려오는 피로감이 다시 타인을 향하게 되므로 스스로를 '기준 미달'의 늪에서 벗어날 수 없게 했다. '앗, 이번에도 억척스럽지 못했네 → 우울하다 → 우울함이 타인에게 드러난다 → 앗, 내가 또 우울해서 타인을 걱정시켰네 → 역시 난 억척스럽지 못해서 이런 젠장 또 민폐나 끼치고⋯'의 무한 루프.

고전문학 속 열한 명의 여성 캐릭터에 대한 이야기를 다룬 《여주인공이 되는 법》이라는 책에 내가 오래도록 사랑해온 스칼렛 오하라에 대한 챕터가 있다. 스칼렛에 대한 작가의 애정은 나만큼이나 흘러넘치는데, 다음 대목에서 나는 오래 멈추었다.

미첼이 지금 〈바람과 함께 사라지다〉를 쓴다면 폰테인 할머니를 주인공으로 만들지도 모른다. 폰테인 할머니는 스칼렛의 이웃으로 사는 억척스러운 노파로, 어린 시절에 집이 불타고 가족이 살해당한 뒤 무서운 것이 없어졌다. 그녀는 스칼렛에게 말한다. "나는 억센 여자들이 싫어, 나만 빼고. 하지만 네가 세상을 대하는 태도는 마음에 들어! 너는 훌륭한 사냥꾼처럼 장애물에 투덜대지 않아." 나도 내가 훌륭한 사냥꾼처럼 장애물에 투덜대지 않는다는 말을 듣고 싶다. 하지만 나는 폰테인 할머니가 스칼럿에게 한 또 하나의 조언인 "언제나 두려워할 것을 남겨 두렴. 사랑할 것을 남겨 둘 때처럼."이라는 말도 좋아한다. 스칼럿이 정말 용감해지는 것은 자신의 나약함을 인정하고, 자기 감정을 솔직히 받아들이면서 부터다.

— 서맨사 엘리스 《여주인공이 되는 법》

    나는 스칼럿 같은 훌륭한 사냥꾼이 아니다. 하지만 인생에서 꼭 훌륭한 사냥꾼만이 훌륭한 것은 아니다. 어쩌면 억척스럽지 않은 사람에게는 삶의 여러 과제들이 훌륭한 사냥꾼이 목격하는 것보다 훨씬 위압적으로 느껴지므로, 그 언젠가의 위압에 나자빠지지 않고 살아남은 것 자체가 이미 억척스러운 것일지 모른다. 종류는 다를지언정 두려움이 없는 사람은 없다. 스스로 아무것도 두렵지 않다고 믿는다면 위험한 분이거나 바보, 둘 중 하나겠지. 폰테인 할머니가 해준 말처럼 나의 두려움을 남겨두고 자학하지 말기로 한다. 조금씩이라도. 나 스스로를 먹이기 위해 참고 일어나 참고 출근하며 참고 파란불에 건너가는 나의 억척스러움을 가끔 인정해주기로 한다.

어쩔 도리가 ──────────────── 있나

어느 조직에나 무능한 사람이 있다. 본디 무능하기도 하고, 무능하다 보니 맡은 일을 처리하지 못하고, 처리하지 못하다 보니 반드시 처리되어야만 하는 일들은 그의 몫이 아니게 된다. 그런 식으로 일이 줄어 더 무능해지는 와중에, 무능한 데다 모종의 영악함이 있는 경우라면 자신의 무능을 꽤 즐기기도 한다. 일 잘해봐야 일만 많아진다고. 그도 그런 부류였던 것 같다.

그와 한 팀으로 업무를 같이해야 했던 나의 동기 A는 처음엔 당황, 이후엔 분노, 종국엔 체념으로 넘어갔다. 그 모두와 한 공간에 있었지만 업무가 겹치지 않았던 나는 가엾은 A를 틈틈이 위로하면서, 동시에 그의 무능을 멸시하면서, 그러나 달리 뭘 해결하지는 못하면서 꾸역꾸역 지냈다. 그가 우리 모두보다 훨씬 나이가 많았던 데다 설령 문제를 제기한다 해도 어쩔 도리가 없다는 걸 알았기에. 그런데 재밌는 건, 무능한 그가 가장 자주 쓰는 말이 바로 "어쩔 도리가 있나"였다는 것.

"○○님, 이거 위에서 반려됐는데요, 수정해서 다시 올려야 할 것 같은데…" "어쩔 도리가 있나." "○○님, 내일로 일정이 앞당겨졌는데요, 오늘까지 마무리가 어려울 것 같은데…" "어쩔 도리가 있나." "○○님, 예산이 그쪽으로는 지원되지 않을 것 같다는데요, 그러면 지금까지 진행한 건…" "어쩔 도리가 있나." 그는 눈은 웃으면서 입가는 찌푸려지는 희한한 표정으로 '어쩔 도리가 있나'를 반복했다.

'어쩔 도리가 있나'라는 건 이러자는 것도 저러자는 것도 아니요, "모르겠다"와도 좀 다르며, 그렇다고 "자네가 다 알아서 하게"도 아니어서, 매번 A를 분노하게 했다. 그가 그토록 줄기차게 말하는 '도리'가 과연 무엇인지 나는 곰곰 생각하다가 이내 도리질을 했다. 무능한 새끼. 책임지기 싫다는 거지 뭐겠어. 저는 아무 의지가 없다, 그러니 책임도 없다, 나중에 원망은 마라, 그거겠지.

그는 비록 직장에서는 '도리 없이' 무능했지만 밖에서

는 나름대로 유능한 구석이 있는 듯했다. 제 가족 번듯이 건사해 자식들 좋은 학교 보냈고, 이곳저곳 여행 다니며 풍류를 즐길 줄도 알았다. 주식 부자라는 소문도 있었다. 그래, 사람이 다방면에 무능하기도 쉽지 않으니까. 돌아보면, 나 또한 그렇다. 비록 지금까지 거쳤던 몇 군데의 직장에서 그렇게 '심벌'로 여겨질 만큼 무능한 적은 없었(다고 생각하)지만, 그 밖의 것들에는 대체로 무능했던 것 같다. 왜냐하면 언제부턴가 나도 모르게 "어쩔 도리가 있나"라고 자주 말하고 있기 때문이다. 눈은 웃는데 입가는 찌푸려진 채로.

누군가의 마음을 붙잡을 수 없을 때 나는 "어쩔 도리가 있나"라고 중얼거린다. 당신의 비극을 위로할 수 없으며 나의 비극이 위로되지 않을 때도 "어쩔 도리가 있나"라고 되뇐다. 지나가는 모든 것, 잊히는 모든 것, 사라지는 모든 것에도 너무 오래 애달파하지 않고 "어쩔 도리가 있나"라고 말한다. 비가 오고 꽃이 지고 새들이 죽고 아랫배가 나오고 누군가 내게 '기다려달라'고 해도 나는, 어쩔 도리가 있느냐고 반문한다.

나는 누군가의 생은 말할 것도 없고 나의 생조차 책임질 자신이 없을 때가 많다. 그 누구도 원망 않는 대신 내가 원망받고 싶지도 않다. 인생도 직장처럼 협업이 우선

인 과제라면, 나 또한 누군가를 충분히 분노케 하고 있을 것이다. 무능한 그는 (아마) 직장에서 퇴출되지 않았으며 무능한 나도 (아직) 생에서 퇴출되지 않았다. 어쩌면 세계는 생각보다 너그럽다. 너그럽다면야, 나로서는 어쩔 도리가 있을까.

▲ ● ◆

어쩔 수 없이 각자 사는 거라고 입버릇처럼 말하지만 사실
나는 당신의 다리가 부러지면 내가 업어주고, 내 팔이 부러
지면 당신이 먹여주는 삶을 바랐다. 내가 당신을 업어주었
는데 당신이 나를 먹여주지 않을까 두려워 그저 쿨한 척한
것이다. 아니 정확히는 내가 당신을 업어주었는데 당신이 다
나은 다리로 내 팔을 부러뜨릴까 두려웠다. 나의 공포가 지
나친 것인지 내가 사는 세계가 지나친 것인지 견주며 울다
가 나는 늙어갈 것이다.

한때의 꿈과 ——— 헤어져 사는 일에 관하여

남편은 영화를 했다. '하다'라는 동사가 영화, 음악, 미술과 붙으면 말하는 이나 듣는 이나 좀 묘해지는 구석이 있다. "내 남친 영화 해"라고 말하는 것은 "회사 다녀", "학생들을 가르쳐", "사업해" 같은 말보다 (살짝) 더 큰 호기심과 우려를 동반하곤 했다. 파티션 안에서 일하지 않는 사람, 월급 받지 않는 사람, 자유로운 사람, 재능 있는 사람, 노출되는 사람, 창조하고 사랑받는 사람, 그러니까 예술가. 그러나 열악한 환경에서 일하는 사람, 돈이 없는 사람, 방탕한 사람, 특이한 사람, 구설수에 오르기 쉬운 사람, 내실 없고 미래 없을 가능성이 더 큰 사람, 그래서 양아… 아니, 날라리.

그를 처음 만났을 때의 내가 정확히 그랬다. 궁금했지만 조심스러웠고, 즐거웠지만 두려웠다. 그는 만나자마자 '쎈' 워딩을 쏟아냈다. 음, 역시 영화 하는 인간. 나는 도망갔다. 그 자리에서 파스타 먹고 튀었다는 건 아니다. 연인이 되면 좀 골치가 아파질 것 같아, 그가 다가오는 만큼 뒷걸음질했다는 뜻이다. 그렇게 연락이 끊겼다. 한여름이었다.

그해 가을, 그가 졸업작품으로 연출한 장편 다큐멘터리가 부산국제영화제에 초청되었다. 건너건너 소식을 알게 됐고, 오, 무슨 영화일까 궁금하지 않았던 건 아니지만, 나도 한 짓이 있기에 느닷없이 축하한다고 연락하기도 뭐했다. 그리고 이어 겨울. 그 영화가 서울의 한 극장에서 열린 특별전에 상영된다는 소식을 또 (건너건너) 들었다. 지금은 없어진, 스물 몇 살들에 내가 정말 사랑했던 영화들을 쏟아내 준 공간이었다. 관객과의 대화GV 시간도 있다고 했다. 단순한 호기심을 넘어 이건 좀 보러 가야 한다는 마음이 의심 없이 일어났다.

가장 구석진 자리의 표를 끊어 극장에 들어갔고, 불이 꺼지며 영화가 시작됐다. 나는 점점 당황했다. 영화는 나름 본다고 봤을지언정 다큐멘터리 영화는 익숙하지 않았다. 그러나 이해하기 어려운 내용이 전혀 아니었으므로 그게 문제는 아니었다. 영화에 집중할 수가 없었다. 처음부터 나는 영화가 아니라 프레임 너머의 감독을 보고 있었기 때문이었다. 지금 내 눈에 보이는 인물 맞은편에서 카메라를 들고 있는 남자. 영화는 세상에 어떤 물질적인 것들이 새로이 등장하면서 그 반대쪽에서 '사라져가는 것'에 대해 말하고 있었다. 그리고 사라져가는 것에 시선을 두는 사람은 연약하다고, 나는 나에게 말하고 있었다. 그는 '쎈' 사람이 아니야. 사라져가는 것에 호흡을 불어넣는 일은 예술에서 드문 일이 아니지만, 적어도 이런 방식으로 그 뒷모습을 붙잡는 사람에게 명민하고도 선한 마음이 없다고 판단하기는 어려웠다.

영화가 끝났다. 불이 켜지고 사회자와 함께 그가 무대에 나왔다. 나는 좀 얼굴이 빨개져 있었을 것이므로 엉덩이를 앞으로 빼 자세를 낮추고 고개를 기울여 행여 그가 나를 알아보지 못하도록 (아무도 신경 안 쓰는데) 노력했다. 그는 관객들의 질문에 답했고, 자주 웃었고, 나는 마지막 질문자가 말하는 사이에 극장을 빠져나왔다. 집으로 돌아오는 버스 안에서 나는 그에게 결국 문자를 보냈다. 그리고 씹혔다.

일정한 '밀당'의 기간이 지나고 우리는 연인이 되었

다. 그는 시나리오를 쓰고 가끔 촬영장에 가고, 시나리오를 쓰고 이따금 아이들도 가르치고, 시나리오를 쓰고 종종 공부를 하고, 시나리오를 쓰고 시나리오를 썼다. 나는 조금 소설을 쓰고 싶어 했으나 겁이 많은 데다 게을렀고, 이렇게 말이 잘 통하는 남자, 아니 사람을 본 적이 없었고, 마침 따박따박 월급을 받는 직업을 가지고 있어서 그에게 결혼하자고 했다. 우리는 결혼했다.

결혼하여 함께 사는 일은 누구에게나 그렇듯 쉽지 않았다. 남편이 '영화 하는' 사람이라서 더 어려웠다기보다는 사랑하는 사람이 오래도록 꿈꿔왔던 일과 (그놈의) 현실 사이에서 괴로워하는 모습을 보는 것이 쉽지 않았다. 그는 결국 영화를 그만하기로 했다. 파티션 안에서 일하는 사람, 월급 받는 사람, 자유롭지 않은 사람, 재능을 묻어두는 사람, 노출되지 않는 사람, 창조하지 않고 사랑은 나에게만 받는 사람, 그러니까 평범한 직장인이 되었다. 되었다고는 하지만 언제나 힘들어했고, 그건 내가 회사 다니기 힘들어하는 차원과는 또 좀 달랐다. 그는 영화, 또는 자기 과거의 '코어core'와 헤어지는 중이었다. 나는 그 헤어짐을 속수무책 바라봤다. 그는 외로웠고, 나는 그가 외로워 외로웠다. 얼마 전 김영민 교수의 책을 읽다가 "배우자가 자신이 모르는 어떤 외로운 싸움을 혼자 수행 중일지도 모른다는 생각을 가끔씩 해주길"《아침에는 죽음을 생각하는 것이 좋다》) 바란다는 구절을 보았다. 그와 나는 함께 있었지만 '각자' 싸워야 했다. 그렇다고 '서로' 싸우지 않은 것은 물론 아니다.

그의 긴 싸움이 지금 어디를 통과하고 있는지 나는 모른다. 가장 가까이서 가능한 한 헤아리려 노력할 뿐, 그의 가슴속 어디쯤에서 옛사랑이 이따금 전화를 걸어오는지 나는 알 수 없다. 그가 전화를 받는지, 무시하는지, 아니면 혹시 전화선을 뽑아냈는지도 나는 모른다. 다만 나는 한때 '예술'을 품었던 사람의 퇴근길이 그렇지 않았던 사람들보다 너무 많이 고단하지는 않기를 매일매일 소망한다. 사랑은 다만 흘러가는 게 아니라, 사랑을 품었던 이에게 자신의 풍요를 어떤 방식으로든 내어주고 지나가는 법이니까. 그것이 진짜 사랑이었다면.

그는 그날 GV가 진행되는 도중 객석 구석에 웅크리고 있던 나를 발견했다고 이후에 말했다. 어떤 커플에게나 결정적인 어느 날이 있다. 그날은 우리가 서로에게 발견된 날이었고, 내가 '연애하다 결혼한 썰'을 이렇게 길게 쓰고 있는 오늘이 시작된 날이다. 너무 많이 생략했다고 생각했는데 이렇게 길어질 줄 몰랐다.

연인의 옷을 ——————————— 입는다

집에서 남편 옷을 입는 걸 좋아한다. 가장 더운 여름날엔 그의 러닝셔츠를 입으면 좋다. 볼썽사납긴 하지만 대충 엉덩이는 가려지므로 좀 늘어난 민소매 원피스라고 최면을 걸 수 있다. 통기성이 좋고 무엇보다 몹시 헐렁해서 내가 가진 어떤 여름 실내복보다 시원하다. 겨울에도 헐렁한 옷은 유용하다. 보통 상의는 두 겹 입고 지내는데, 안에 얇은 이너 티를 하나 입고 그 위에 남편의 맨투맨 티셔츠를 입으면 오버핏이라 옷끼리 마찰하지 않는다. 소매를 한번 접으면 손목도 따뜻하고.

남자 옷을 마음껏(?) 입을 수 있는 것은 결혼, 또는 동거의 좋은 점 중 하나다. 나보다 큰 옷을 입는 것, 나보다 큰 사람의 옷을 입는 것, 나보다 큰 남자의 옷을 입는 것은 여성 이성애자로서 에로스를 느끼게 한다. 흔한 성적 판타지로 묘사되는, 길고 매끈한 다리를 가진 여성이 걸친 새하얀 남성 와이셔츠는 자기 자신보다 파트너를 위한 것이라고 할 수 있을 텐데(안 입어봐서 모른다. 의외로 편한 걸까. 하지만 버리는 셔츠가 아니고서야), 내가 즐겨 입는 남편의 옷은 그런 종류의 시각적 아름다움을 전혀 호소하지 않는다. 미감 美感으로만 따지자면 (굳이 조금 귀엽다고 '남편으로서는' 말할 수 있을지 몰라도) 많이 구리다. 그저 방만한 홈웨어일 뿐이다.

내가 느끼는 에로스는 성적 본능을 딛고 넘어서는, 타나토스 Thanatos의 대척점이다. 생의 영역에 내가 안전히 발붙이고 있다는, 자기보존의 열망. 타인이 자신의 외피를 보호하기 위해 걸치는 피류을 빌려 입음으로써, 나는 그의 외피와 피류에 이중으로 보호받는다고 '착각'할 수 있다. 심지어 나는 그보다 체구가 작으니, 이중의 보호망은 나를 감싸고도 남는다. 남으니 안전하고 안전하니 안심한다. 늘어진 러닝셔츠와 보풀이 일어난 맨투맨으로 번식을 목표하긴 어려울지 몰라도, 나는 그때 명료하게 '사랑'을 느낀다. 지금 여기 존속되고 있는 그와 나의 공동체, 그 안의 에너지가 나를 마땅히 보호해야 할 어린아이처럼 둘러싸고 있음을 느낀다.

아직 사랑의 기한이 남은 커플의 흔한 '구토유발썰'이겠으나, 나는 남편의 (커다란) 옷을 입은 채 '망연자실한' 표정 짓는 것을 좋아한다. 아무것도 나는 알지 못하는데 무언가가 나를 뾰로통하게 만들었다는 듯, 괜히 주둥이를 내밀고 눈을 내리깔고 어깨를 늘어뜨린다. 그때 내가 되고 싶은 것은 아무런 능력이 없으므로 절대적으로 보호받아야 하는, 전적으로 PC political correctness하지 않은 연인이다. 물론 이건 '명백한' 코스튬 플레이다. 하지만 '하하, 그저 코스튬일 뿐'이라는 자기암시로 확보되는 어떤 종류의 면책을, 나는 모르지 않는다.

돈은 없지만 ──── 좋은 집엔 살고 싶어

　전셋집을 구했다. 결혼하고 8년 만에 첫 이사다. 그동안 월세를 내고 살았는데, 비슷한 금액이라도 남 주는 것보다는 은행 주는 게 배가 덜 아플 것 같아서 이사를 결심했다. 물론 농담이다. 그러나 꼭 농담만은 아니다. 남편과 매 주말 집을 보러 다니면서 과연 인류는 왜 존속되는지 다시 한번 회의가 폭발했다. 사람이라면 누구나 집이 필요하지만 어떤 사람들에게는 집 자체가 불로의 근거가 되고, 어떤 사람들에게는 집 자체가 야근의 목적이 된다.

　이렇게 말은 해도 사실 마음에 드는 집을 구했으므로 나는 죄책감을 느낀다. 새로 들어갈 집은 (이전 집과 마찬가지로) 지상에 있고, 물이 샌 흔적도 없고, 거실과 주방과 방과 화장실과 세탁실이 있다. 집은 본래 지상에 있는 것이 맞고, 물이 새지 않는 것이 좋으며, 분리된 공간이 있으면 편리하지만, 모두가 그렇게 살 수 있지는 않다는 것을 안다. 그러면서도 나는 한 층만 더 높았으면 했다. 맞바람이 치는 구조였으면 했다. 붙박이장이 있었으면 했고, 베란다가 있었으면 했다. 이런 나의 욕망과, 대리석 바닥과 정원과 수영장 같은 것을 바라는 욕망의 층위는 정말로 다른가. 거실 깊숙이 들어오는 햇빛에 가슴이 두근거리면서도 냉장고 자리가 마음에 들지 않는다고 미간을 찌푸리는 나는 죄책감을 느끼지 말든지 짜증을 내지 말든지 둘 중 하나만 해야 할 것이다.

영화 〈기생충〉은 아직 못 봤다. 내 집 마련도 아니고 전셋집 하나 구하러 다니면서 온갖 짜증과 죄책감을 동시에 느끼는 타입에게 적절한 영화는 아닐 것 같았다. 냄새에 관한 이야기가 나온다고만 알고 있다. 헤아려보니, 이번에 집을 계약하기까지 총 열세 군데의 가정집에 방문했다. 현관을 열고 들어서면 그 집이 켜켜이 쌓아온 냄새가 난다. 아니 사실 들어가기도 전에 난다. 해당 거주지의 연식, 배수와 통풍의 상태, 사고事故의 경험, 구성원들의 식습관 등이 '명징하게 직조된' 결과로서의 냄새가, 공동현관에 들어서는 순간 방문객을 휘감는다. 그러므로 나는 냉장고 놓을 자리뿐만 아니라, 이곳의 거주자가 됨으로써 더 이상 나는 맡지 못하게 될 냄새를 측량하게 된다. 좋은 냄새든, 나쁜 냄새든.

'어떤' 종류의 냄새를 피해 나오면서 나는 죄책감을 느끼고, 한편으로는 그 대척점에 있는 자조에 시달렸다. 남편과 내가 딱 한 뼘 더 기다란 햇살, 고작 한 뼘 더 넓은 창, 기껏 한 뼘 더 떨어진 옆집과의 거리, 그래봐야 한 뼘 더 높은 신발장을 찾는다고 발발거리는 모습은, 저 높고 드넓은 곳에 사시는 '어떤' 종류의 분들에게는 진정 어리둥절한 일일 것이다. 아까 그 집과 지금 이 집의 차이를 그 분들은 도저히 가늠할 수가 없으리라. 중개업자들의 레퍼토리인 "더 다녀봐서도 이 집만 한 게 없어요"는 어쩌면 희한한 맥락에서 새겨들을 만하다. 나중에 나는 그 말이 "어차피 죽으면 다 똑같이 썩는 냄새 나요"로 들리는 정신승리를 경험했다.

새로 들어갈 집이 결정됐으니 당분간은 자괴도 자조도 줄어들 것이다. 남 사는 걸 보지 않고 나 사는 걸 보이지 않으면서, 나는 소소하게 집을 꾸미고 동네를 어슬렁거릴 것이다. 빨래가 잘 마르지 않는다거나 책장을 대폭 줄여야 한다거나 길가에서 담배 냄새가 올라온다거나 하는 슬픔은, 예상 외로 외풍이 없다거나 위층 식구들이 과묵하다거나 화장실 수압이 장대하다거나 하는 기쁨으로 상쇄하면서. 그리고 어느 정도 집이 정리되고 맛집 서너 군데와 단골 카페 한 군데를 뚫을 즈음이면 남편과 거실에 드러누워 〈기생충〉을 볼지도 모르겠다. 인간은 적응하는 동물이기에 행복하고 비겁하니까.

▲ ● ◆

호구 되기를 지나치게 경계하는 일상, 이를테면 고작 에피소드에 불과한 일을 굳이 곱씹으며 '나 호구 된 거야? 호구된 거지? 호구 된 거 맞잖아. 이런 시발 호구가 되다니!' 격분하면서, 두 번 다시 호구가 되는 일은 나의 존엄이 용납할 수 없다는 결의를 막 다지고서, 호구 안 되기를 지상 과제로 삶의 날을 곤두세우면, 호구가 될 확률이 아무래도 현저히 줄어들긴 할 테니 그런 태도를 일견 영리하다거나 스마트하다고들 한다. 그런데 가끔 '호구 민감도'가 지나친 것도 콤플렉스 아닐까 싶다. 아니 뭐, 호구 좀 되고 살면 어떤가. 어차피 당신이나 나, 우리 함께, 생生의 호구로 연대하고 있는 것을. 이것은 "넌 너무 순진한 데가 있어"에 대한 답변이다.

점집에서 듣고 싶은 ——————— 이야기

점을 보러 가고 싶을 때가 있다. 보통 가고 싶다고 중얼거리는 데서 끝난다. 아무래도 돈이 아깝고, 역시 무서운 마음도 든다. 당장 큰일이 닥친다고 겁을 주면서 몇 백짜리 굿이라도 하라고 하면 어쩌나. 이미 점집에 들어선 인간이라면, 그런 이야기에 코웃음을 칠 배짱은 집에 두고 나오는 것이다. 물론 몇백만 원은 집에도 원래 없다.

학생들이 많은 사주카페나 번화가 한쪽에 엉성하게 차려진 점집 부스(?) 같은 데는 몇 번 가본 적이 있다. 굿을 제안하지도, 무얼 맞힐 것 같지도 않은 곳들. 얼렁뚱땅 생시를 말하고, 얼렁뚱땅 한 귀로 듣고, 얼렁뚱땅 한 귀로 흘리다가, 얼렁뚱땅 내일 화젯거리나 삼으면 되니까. 내 배짱은 딱 거기까지다. 오천 원에서 만 원 사이에, 여름에 물가를 조심하라거나 출퇴근길에 차 조심하라는 조언이면 족하다.

아니, 실은 족하지 않다. 그렇다면 점을 보러 가고 싶은 마음도 없어야 할 것이다. 나는 누가 점집에 다녀왔다는 이야기라면 언제나 귀를 쫑긋한다. 갈 것도 아니면서 전화번호를 묻고 저장해둔다. 그들이 목소리를 낮추고 조곤조곤 내게 풀어주는 '썰' 속의 점집은 '진짜 점집'이다. 사람이 들어오면 생시를 묻기도 전에 대뜸 "아들이 속을 썩이는구먼", "외탁을 해서 심장이 안 좋구먼", "빚으로 빚을 막고 있구먼" 따위의 첫인사를 눈도 안 마주치고 날리는 '영매'가 있는 곳.

그래서 누가 나에게 그래서 당신은 그런 것들을 믿느냐고 묻는다면, 나는 어쩔 수 없이, 그런 것들이 잘 '믿어지지' 않는 환경과 교육의 영향을 받았다고 말할 수밖에 없다. 나의 부모는 그 흔한 '손 없는 날' 한 번 챙겨본 적 없이 이사를 잘만 다녔고, 나는 문지방을 밟지 않기는커녕 굳이 거기 걸터앉기를 좋아하는 아이였다.

내가 아는 모든 '비이성적 금기'들은 대체로 성인이되어, 나의 현실적인 생활 반경이 아닌 곳들을 통해 습득

한 것이다. 동생의 아이가 태어나기 며칠 전에 친족의 상을 치르게 된 사돈어른이 거의 한 달이 되도록 첫 손주를 보러 오지 않으시는 걸 보고, 심지어 핸드폰으로 찍은 사진조차 직접 수신하지 않고 한 명 이상을 거쳤을 때만 확인하셨다는 이야기를 듣고 나는 정말 놀랐다. 부모 세대만이 아니다. 태어난 아이의 이름을 작명소에 의뢰하는 일이 또래 친구들 사이에서 흔하다는 것도 내겐 새로웠다.

그래서 누가 나에게 그래서 당신은 그런 것들을 안 믿느냐고 묻는다면, 나는 그러나 희한하게도, 순전한 유물론자로 살기는 어려울 것 같다고 말할 수밖에 없다. 문지방을 밟지 말아야 하는 이유를 받아들이는 것은 물론 어렵지만, 어떤 종류의 지극한 마음들을 무시하는 인간의 오만을 나는 더 받아들이기 어렵다.

요즘 회사에서 편집하고 있는 책에, 자연재해로 한꺼번에 수백 명이 희생당한 지역에서 '헛것'을 보는 사람들에 대한 이야기가 나온다. 이 책은 논픽션(르포)이고, 저자는 해당 지역의 생존자들을 취재한 외국인 기자다. 사람들은 이상한 목소리를 듣고, 환영을 보고, 이해할 수 없는 사물의 변화를 감지한다(고 고백한다). 그들은 '자꾸 다녀가는 그들'을 위해 문을 열어두거나 차와 다과를 마련해놓기 시작한다. 문자 그대로만 들어서는, 전형적인 외상후스트레스장애 증상으로 보인다. 실제로 현대의 뇌과학은 저들을 임상하여 '헛것'의 정체를 구체적인 물질 작용으로 충분히 규명할 수 있을지도 모른다.

그 책에서 그야말로 폐허가 된 해당 지역을 지나던 택시기사는 이미 무너진 집터의 주소로 가달라는, '전형적으로 으스스한' 손님을 태운다. 묵묵한 얼굴로 그곳에 도착했을 때 역시나 뒷자리의 손님은 더 이상 보이지 않았으나, 택시기사는 운전석에서 내려 뒷좌석의 문을 손수 열고, '사라진' 손님을 내리게 한 뒤 한참이나 그곳에서 묵념을 했다. 내 시선은 저자가 그 택시기사를 단지 미친놈이나 '전근대의 야만'을 발견하듯 내려다보지 않는 데 오래 머물렀다.

상을 치른 지 얼마 안 되었다는 이유로 오매불망 기다리던 첫 손주 보는 날을 미루는 마음과, 아이의 이름에행여 지나치게 고달픈 운명이 끼어들지 않을까 노심하는 마음의 결은 크게 다르지 않을 것이다. 그것은 '보이지 않는 것'을 대하는, 다양한 마음 중 하나일 뿐이다. 점집에 가서 다만 차 조심하라는 이야기라도 듣고 싶은 나의 마음도 어쩌면 그와 비슷하지 않을까 싶다. 무어라도 새삼 삼가고, 무어라도 불쑥 존중하면서, 도무지 헤아릴 길 없는 생의 혼란을 소박하게나마 정돈해보고 싶을 때가 살다 보면 찾아오는 것이다. 보이지 않는 것에 대한 애정은, 지 겹고 지겨운 삶에 대한 마지막 애정이기도 하니까.

그렇기에 더더욱, 이런 '마음'들을 돈벌이 삼는 작자 들에겐 문자 그대로 벼락이 내려야 마땅하다. 조상신 핑계 로 여자들 허리 나가도록 전 부치게 하는 문화도 물론 마 찬가지.

투표를 하는 ———— 이상한 마음

"야심이 잠들어버리는 순간에만 나는 평온함을 맛본다. 그것이 깨어나는 순간 다시 불안이 엄습한다. 삶이란 야심의 상태이다. 굴을 파는 두더지도 야심에 가득 차 있다."《지금 이 순간, 나는 아프다》 아침부터 저녁까지 오직 나 자신을 견딘다던, 허무의 철학자 에밀 시오랑은 말했다. 무엇을 이루어보겠다는 마음은 그것이 이루어지기까지 인간을 집요하게 추동한다. 추동되는 상태를 선호하고, 그 상태가 인간을 나아가게 한다고 보는 사람도 많지만, 시오랑은 아니었던 듯하다.

무엇으로부터도 추동되고 싶지 않다는 생각을 그 반

대보다는 훨씬 자주 하는 사람으로서, 야심가들이 동네방네 제 야심이 진정眞正하다고 소리치는 선거의 계절에는 혐오감이 깊어지지 않도록 주의해야 한다. 어떤 사람들은 특정한 야심을 맹렬히 지지한다. 저 야심이 진짜 야심이지. 그런데 반대쪽에서는 또 저 야심을 믿었다가는 다 망한단다. 저 야심 말고, '저' 야심이어야 한단다. 사납게 대치하는 그들의 야심 또한 야심가의 그것 못지않다. 아무래도 평소보다는 추동되기를 선택하는 쪽이 훨씬 많은 것 같다. 그래서 좀 귀를 대고 들어보려고 하는데, 귀청만 떨어지고 뭘 들었는지는 잘 모르겠다.

하나의 야심이 세계를 (좋은 뜻에서) 엄청나게 바꿀 수 있다고는 아무래도 믿어지지 않는다. 조금은 바꿀지도 모르지만 그 '조금'은 어차피 세계가 크게 움직이지 않아도 그럭저럭 살 만한 사람들이 체감할 수 있는 정도일 것이다. 이렇게 생각하는 입장에서는 세상을 당장 바꾸겠다고 호언하는 야심가는 물론이거니와 그 야심에 열광하는 풍경도 뜨악할 수밖에 없다. 타인의 야심, 심지어 내 야심의 방향을 의심하지 않는 일이 가능한가?

말은 이렇게 해도, 투표권이 주어진 이래 한 번도 그것을 포기한 적은 없다. 대단한 시민적 양심을 지니고 있어서가 아니라, 하나의 야심이 세계를 확 좋아지게 하기는 어려워도 확 나빠지게 하기는 쉬워 보였기 때문이다. 내 손을 떠났던 투표용지들은 적어도 한 공동체의 리더가 마땅히 가져야 할 두려움에 일인분의 무게를 얹기 위해서지, 리더의 야심에 장단 맞추기 위한 것은 아니었다. 세계를 나아가게 하는 건 야심 자체보다는 야심과 야심 사이를 지나가는 어떤 조심스러운 마음가짐일 것이라고 조심스럽게 생각해본다. 이를테면 낯선 장소에서 내게 길을 가르쳐주는 이를 진심으로 드높이는 마음, 군중 사이에서 불룩한 배낭을 가슴 앞으로 돌려 메는 마음, 이면지를 모으는 마음, 날카로운 물건은 손잡이를 상대방 쪽으로 건네는 마음, 대접받지 않으려는 마음, 그러나 대접하려는 마음, 그런 마음가짐들의 합슴에 가까운 것.

투표소에서 돌아오는 길에 태어나 처음 보는 연보랏빛 꽃나무를 발견했다. 도무지 어떤 색을 섞어야 저런 빛깔이 나올지 추측할 수도 없이 신비롭도록 황홀한 꽃나무였다. 몇 년이나 살아온 동네인데, 지나다니면서 한 번도 본 적이 없었다니. 비록 또 당선되지 않은 후보와 또 원내에 진출하지 못한 정당을 찍긴 했으나 투표하러 나오지 않았다면 보지 못했을 테니 나름대로 투표의 성과라 여겼다. 이다음에도 아름다운 계절에 투표하게 될 테니, 또다시 모종의 성과가 있지 않을까. 있길 바란다. 야심을 품고 말왔다. 다시 시오랑을 떠올려본다. "아무런 야심도 없이 살아간다는 것은 커다란 힘이며, 커다란 행운이다. 나는 그러려고 애쓴다. 그러나 그런 노력 또한 야심이리라."(같은 책)

게으른 ──────────────────────── 충성

"나는 사람에게 충성하지 않는다"는 말이 회자됐었다. 충성도 부지런한 사람이나 하는 거라서, 생겨먹기를 워낙 제 인생에도 그다지 충성하며 살지 않아온 입장에서는 어쩐지 요원하게 느껴졌으나. 세상의 중요한 일들을 도맡고 계신 분들의 그룹에서는 새길 만한 이야기라는 것쯤은 물론 안다.

충성 같은 것을 해봤자 그다지 주워 먹을 게 없(다고 생각하)는 상황에 있거나 충성할 대상 자체가 부재한 사람들이 있다. '쌓아 올리는' 삶을 살지 않는 사람들이 대개 그렇다. 좀 쌓아볼까 하면 뭔가 지겨워져서 (스스로) 부수

고, 이제 좀 쌓을 만한가 하면 어느새 (생에 의해) 부서지고. 그걸 굳이 아까워하지도 않아서 또 한참 느릿느릿 살다 보면 어느 정도는 절로 쌓이기도 하는데 (돌연 정신 차려 보면) 언제 또 엉덩이로 뭉개고 있다. 슬픈 일이다.

일정 높이의 '쌓임'에 다음 쌓임이 더해지려면 그 충성이라는 것이 굉장한 지렛대가 되어줄 테니, 충성하지 않아서 쌓이지 않는 건지, 쌓지 않아서 충성할 일이 없는 건지는 잘 모르겠다. 닭이 먼저냐 달걀이 먼저냐 같은 문제일 것이다. 아무려나, 쌓아 올려보지 않은 사람에게는 유리천장이 문제가 아니라, 천장 자체를 상상할 일이 없는 것이다. 또 슬픈 일이다.

아니다. 사실은 슬픈 일이 아니다. 자의든 타의든 충성과 무관하게 살아가는 사람들에겐 그들 자신에게나 그들이 속한 세계에나 두루 이로운 특성이 있다. 충성해보지 못해서, 열광하지도 못한다는 것. 그러니까 이들은 '사람에게 열광하지 않는다.'

충성과 열광이 다르고 열광과 존경이 다르겠지만, 공통적으로 이런 태도에는 두 종류의 게으름이 스며든다. 우선 세계의 복잡성을 헤아리기 싫어하는 게으름. 멋져 보이니까 멋지고, 좋아 보이니까 좋다. 거기서 더 생각하고 싶지는 않다. 생각하는 일은 너무 귀찮고 때론 괴로우니까.

두 번째는 내가 나를 구원할 생각이 없다는 게으름. 빈한한 나를 구제해줄 '훌륭하신 누군가'가 있다. 앉아서 턱 벌리고 존경하는 것만큼 편한 일도 없다. 난 그저 존경만 하면 되니까.

그러다 충성(또는 열광, 존경)했던 대상에게 치명적인 약점이 발견되기라도 했을 때, 나올 수 있는 반응은 두 종류다. '그럴 사람이 아니다'와 '배신감을 느낀다.'

자꾸 그럴 사람이 아니라고 해봤자, 절대 그럴 사람이 아닌 사람은 세상에 없다. 자꾸 배신감을 느껴봤자, 애초에 믿음은 그 사람이 아니라 나의 것이었다. 좀처럼 열광할 줄 모르는 사람들의 미덕은 이 지점에서 빛난다. 애초에 믿지 않았기에 타격이 적다는 차원의 이야기가 아니다. 사람에게 열광하지 않는 이들의 열광은 애초에 켜켜이 나뉘어 있었다. 작가가 아니라 언어에, 가수가 아니라 리듬에, 우사인 볼트가 아니라 9.58초에.

언어에 열광하면 언어를 잘 쓰고 싶어지고, 리듬에 열광하면 리듬을 잘 타고 싶어진다. 9.58초는… 열광한다고 해서 9.58초에 가까워질 리는 없겠으나, 인간의 육체가 뿜어내는 극적인 에너지에 감탄하는 기쁨을 알게 된다. 작가를, 가수를, 우사인 볼트를 '믿지' 않아도, 언어와 리듬과 기쁨은 이미 내 것이다.

심지어 사랑조차 그렇다. 철모르던 시절엔 사랑하는 사람이 나의 메시아가 될 줄 알았다. 내가 당신에게, 당신이 내게 충성하면 우리는 '사랑의 이름으로' 구원될 줄 알았다. 하지만 구원을 바랄수록 사랑은 멀어져 갔다. 바람은 이미 사랑이 아니었기 때문이다.

▲ ● ◆

성숙해지자. 나만 성숙한 게 무슨 소용인가 싶어도 성숙해지자. 세상 환멸 나는데 나 하나 성숙해서 뭐 달라지나 싶어도 성숙해지자. 사방 천지가 육갑하고 자빠지고 트위스트 추는데 나 혼자 성숙한 게 무슨 멍청한 짓거리인가 싶어도 성숙해지자. '그지깽깽이'들이 나를 둘러싸고 강강술래를 하는데 그 속에서 문득 성숙하다고 야심에 UFO가 내려와 나를 격리해줄 리도 없지 않나 싶어도 성숙해지자. 아니꼽고 더럽고 메스껍고 치사한데 엿으로도 안 바꿔주는 성숙은 개뿔, 내가 너만큼 지랄을 할 줄 몰라 안 하는 줄 아느냐 싶어도 성숙해지자. 그 새끼들 좋으라고 하는 게 아니다. 꽃들에게 민망할까 봐 그런다. 느닷없이 피어버린 꽃더미가 소매치기처럼 스치는 날 부끄러워 죽지 않으려면, 성숙해지자. 홀로, 따로, 외로이, 나직이 성숙해지자.

세상에서 가장 ──────── 안전한 일

함께 걷는 일은 신비롭다. 밥 먹고 술 마시고 대화하는 건 싫은 사람과도 할 수 있는 일이다. '해야만 하는' 경우가 있기 때문이다. 심지어 함께 웃는 일도 그렇다. 나는 얼마나 많은 웃음을 싫어 미치겠는 사람들에게 사뿐히 실어 보냈던가. 하지만 함께 걷는 행위는 미치도록 싫은 사람과는 해야 할 상황이 별로 만들어지지 않는 일이다. 더 멀리 돌아가더라도 나란히 걷지 않을 핑계를 대는 건 비교적 자연스러우니까.

그러므로 함께, 그것도 짧지 않게, 더구나 목적지 없이 걸었다고 기억되는 거의 모든 순간은 내게 '좋았던 일'

로 치환된다. 그리고 이 나이쯤 살면서 일단 좋다고 인식해버린 일은 그 일에 포함되었던 인물들을 윤색하기도 한다. 알고 보니 천하의 쓰레기였던 그 새끼도 함께 걸을 때만큼은 참 좋았어, 이런 식으로.

함께 걷는 일은 세계를 가장 안전한 방식으로 공유하는 일이라고 나는 생각해왔다. 앞서거나 뒤처지지 않게 상대를 살펴야 하므로, 함께 걷는 이들은 물리적 거리에 어느 정도 구속된다. 그러나 걷는 이의 시선은 전적으로 걷는 이의 자유에 있어 걷는 동안 눈에 담기는 세계는 전적으로 '나'의 것인데, 원한다면 그것을 '함께 경험해달라'고 요청할 수 있다는 점에서 둘의 세계는 교차한다. 하늘 예쁘다, 또 건물을 짓고 있네, 고양이 지나가, 여기 지날 때는 꼭 모기에 물리더라, 누가 저런 데 낙서를 해놨지? 뒤에 차 온다, 어디서 고기 굽는 냄새가 나네, 쌍둥이유모차 너무 귀엽지 않아? 나뭇잎 색깔 짙어진 거 봐.

인간의 속도로 이동하면서 감각되는 것들은 그것이 꼭 대단히 특별하고 온전한 풍경이 아니라도 덜 위협적이고 더 관대하다. 편안한 자극에 노출되면 당연히 대화도 그 공기를 닮는다. 함께 걷다 보면, 공간에 대한 감각이 대화 도중에는 잠시 둔해졌다가 대화가 끊기는 사이마다 다시 나를 사로잡고(노을 진다!) 그렇게 자극의 완급이 음악처럼 조절되면(어, 그래서 어떻게 했어?) 별것 아닌 대화에도 리듬이 생긴다. 걸어가면서 싸우는 사람들이 굉장히 희극적으로 보이는 것도 그 때문이 아닐까 싶다. 리듬을 가진 대화가 서로를 불쾌하게 할 일은 많지 않고, 그런데도 언성이 높아졌다면 '함께 걷기'를 대체로 중단할 테니까.

딱 한 번, 걸어가면서 다투는 나이 지긋한 부부를 보았다. 그들 스스로에게는 당연히 심각한 무언가가 있었겠지만, 어쩌다 앞서거니 뒤서거니 걷게 된 나는 웃음을 참느라 혀가 굳는 줄 알았다. 저 정도면 그만 걸음을 멈추시고 몸을 돌려 정면으로 부딪히든, 한 명이 방향을 바꿔 따로 가든, 아니면 싸우기를 포기하고 입을 닫는 쪽을 택할 것 같은데, 정말이지 특정한 '톤 앤드 매너tone&manner'의 강도를 유지한 채 놀랍도록 꾸준히, 균일한 보폭으로 전진하며 싸우시는 것이었다. 가는 길이 다급하셨든 다툼 자체가 다급하셨든 했겠지만 함께 걷는 행위가 '불화와 불화한다'는 것을 느끼게 한 장면이었다. 역으로, 발각되는 동시에 부정되는 무수한 사랑의 운명들이 가혹한 이유 중 하나도 함께 걷기를 스스로 제약해야 한다는 데 있을 것이다. 부둥켜안는 일은 차라리 쉬울지언정.

역마살이라곤 조금도 끼어 있지 않아서 움직임에 대한 욕망이 거의 없는 나는, 운동도 여행도 드라이브도 그다지 좋아하지 않지만 걷기는 (체력이 허락하는 한) 유일하게 일부러 도모하는 행위다. 좀 걸으러 가자고, 나와 남편은 서로 제안한다. 가까이 천변이 있어서 때로는 길게 걸을 수 있고, 해가 졌거나 날이 좀 궂으면 동네의 한 고등학교 운동장 트랙을 느릿느릿 돈다. 더위를 많이 타는 남편은 한겨울만 빼고는 슬리퍼, 나는 한여름만 슬리퍼. 따라서 여름은 나란히 같은 신을 신고 걷는 짧은 기간이다.

그와 나는 먼지 묻은 발가락들을 내밀고, 해결되지 않은 고민을 안고, 도시의 건물들 사이를 지나간다. 발가락들은 더 더러워지고, 고민은 어차피 원천적으로 해결할 수 없는 것이 대부분이며, 풍경은 어제와 다르지 않다. 그러나 매번 기묘하게도 걸으면 대체로 나아지고, 함께 걸으면 더 많이 나아진다. 살아가기 위해 해야 하는 거의 모든 일이 두렵지만, 때로는 앞으로 살아가는 데 남겨진 시간이 너무 많아 무섭지만, 걷기만큼은, 걸음으로써 소모되는 시간은 나를 하나도 위협하지 않는다. 상대의 눈빛으로부터 불안을 읽거나 내 눈빛으로부터 슬픔을 들키지 않아도 된다. 지금 이 공간이 괜찮은지, 앉은 자세가 불편하지는 않은지, 언제쯤 일어서야 할지 가늠하지 않아도 된다. 대화의 공백을 메우기 위해 분주히 화젯거리를 찾지 않아도 되며, 대화의 공백을 체념이나 권태로 오해하지 않아도 된다. 어쩌면 이 모든 '하지 않아도 된다'는 의식 자체를 하지 않아도 된다. 싫은 사람과는 함께할 필요가 없었기에 함께 걷는 걸음에 쓰이는 모든 근육은 온전히 행복한 감각만을 기억하므로.

요 며칠, 익숙한 듯 익숙할 듯 징글맞게 익숙해지지 않는 우울이 낮과 밤을 습격했다. 좀 걸으러 가자는 말을 어제는 내가, 오늘은 그가 꺼냈고, 내일은 둘 중 하나가 꺼낼 것임을 믿으므로 전처럼 베개에 뺨을 묻지는 않는다. 나는 그것이 좋다. 무언가를 피하려고 하는 기분은 더럽지만 (피해지지도 않거니와) 그 무언가가 왔을 때 덜 괴로워지는 방법을 하나쯤 알고 있다는 기분은 훨씬 낫다. 함께 걷고 싶은 사람들이 아직은 좀 남아 있다는 기분도 물론 너무 다행이다.

나의 서른에게 001

나를 견디는 시간

초판 1쇄 발행   2019년 10월 8일
초판 2쇄 발행   2022년 7월 15일

지은이   이윤주

펴낸곳   (주)행성비
펴낸이   임태주

편집장   이윤희

출판등록번호   제2010-000208호
주소   경기도 파주시 문발로 119 모퉁이돌 303호
대표전화   031-8071-5913
팩스   0505-115-5917
이메일   hangseongb@naver.com
홈페이지   www.planetb.co.kr

ISBN 979-11-6471-009-6 03810

행성B는 독자 여러분의 참신한 기획 아이디어와 독창적인 원고를 기다리고 있습니다.
hangseongb@naver.com으로 보내 주시면 소중하게 검토하겠습니다.